Howard Chance

Swingerclub Anekdoten

Der Kondomsammler

und andere skurrile Geschichten

ELYSION

www.Elysion-Books.com

Der Autor:

Howard Chance ist das Pseudonym eines deutschen Autors, der u.a. für diverse Erotik- und Lifestyle-Magazine tätig ist und sich im Metier der Erotik und Sinnlichkeit bewegt.

Neben seinen zahlreichen Veröffentlichungen kann Chance auf einen bunten und erfahrungsreichen Lebenslauf zurückblicken. Zurzeit ist er Marketing-Direktor eines großen deutschen Swingerclubs.

Howard Chance

Swingerclub Anekdoten

Der Kondomsammler und andere skurrile Geschichten

ELYSION

WWW.Elysion-Books.com
ELYSION-BOOKS TASCHENBUCH

Auflage: März 2013

VOLLSTÄNDIGE TASCHENBUCHAUSGABE

ORIGINALAUSGABE

UMSCHLAGGESTALTUNG: Ulrike Kleinert
http://adorna.bplaced.net/
FOTO (Der Kondomsammler): Fotolia/InaPandora
FOTO (Swingerclub-Anekdoten): © Fotolia/ Andrew Buckin

LAYOUT &WERKSATZ: Hanspeter Ludwig
www.imaginary-world.de
PRINTED IN GERMANY
ISBN 978-3-942602-40-2

www.Elysion-Books.com

Inhalt

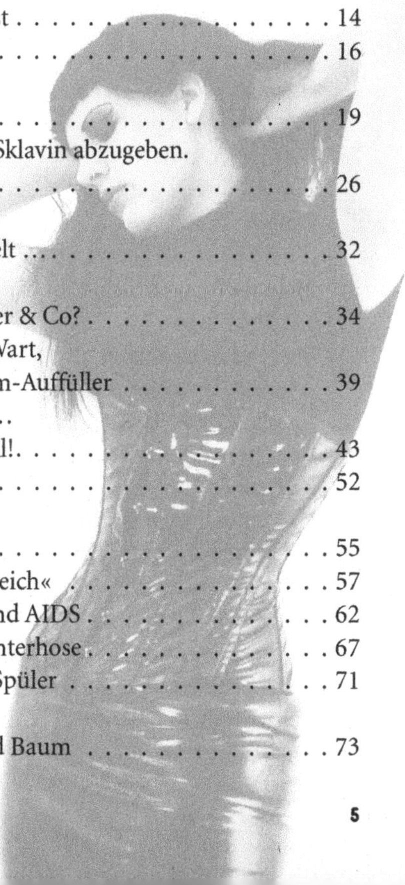

»Snesch« gewidmet, die mich durch die
vergangenen Jahre meines Lebens
mit ihrem Liebreiz begleitet hat!

1. Die »geilen« Putzfrauen ... im Kittel in den Club!

Ein ganz normaler Nachmittag. Mittwoch. Ein Mittwoch Nachmittag, der sich in keinster Weise von den letzten 200 Mittwoch Nachmittagen abhebt. So lange arbeite ich hier schon. In einem aufregenden Job in einem heißen, angesagten Swingerclub. Ein Traumjob, oder?

Was soll ich sagen? Nach 200 Mittwochen wird es langweilig? Das wäre gelogen. Aber man rechnet mit mehr Skurrilitäten, das Portfolio der Fantasie hat sich erweitert und die Überraschungstoleranz ist inzwischen deutlich höher geworden.

Außerdem ist das meiste an dem Job eben genau das: Arbeit. Ein letztes Mal gehe ich die dringlicheren Papiere durch. Büroarbeit. Papiere abheften, Rechnungen kontrollieren, Steuerunterlagen fertig machen, all diese »normalen« Sachen gehören genauso dazu, wie Veranstaltungen zu planen, Türdienst, Thekenkontrolle oder das ein oder andere Schwätzchen mit den Gästen. Alles inklusive. Manchmal acht Stunden am Tag, aber an Wochenenden oder zu besonderen Events auch manchmal sechzehn Stunden.

So ein Tag ist heute zum Glück nicht. Heute ist ein ganz normaler Mittwoch. Ein Umstand, den ich gar nicht oft genug betonen kann, denn ganz normale Tage in einem Swingerclub unserer Größe sind eigentlich so selten, dass sie schon wieder etwas Besonderes sind.

Relaxed und gut gelaunt verlasse ich mein Büro und mache ich mich auf den Weg nach unten. Der Club ist noch sehr leer, sehr sauber und die Musik eher gedämpft. Der Geruch nach Essen – heute gibt es Rindergulasch in Rotweinsauce, Putenragout und Frikadellen in Champignonrahm, dazu Knödel, Spätzle und Kroketten – macht mir mehr Appetit, als ich mir eingestehen will.

Mein Magen knurrte laut und vernehmlich, als ich meine Kollegin am Empfang erreiche und sie kommentiert das Geräusch mit einem ebenso lauten Lachen.

»Hunger?« - »Ne, Werwolf gefressen.« Ich schenke ihr einen gespielt giftigen Blick, der sie wieder zum Lachen bringt. »Du siehst übrigens zum Anbeißen aus.«

»Danke!« Sie knickst leicht und bietet mir so einen noch etwas besseren Blick in ihr hinreißendes Dekolleté. Einer der angenehmen Nebeneffekte des Jobs: Man arbeitet mit netten Damen zusammen, die meistens sehr schicke Unterwäsche, sprich Dessous tragen. Heute ist es ein schwarzes Outfit aus Lack und Spitze, das der Fantasie sehr viel Spielraum lässt, aber dank der vielen freien Haut die Gedanken eindeutig zweideutig in die richtige Richtung lenkt.

Ich reiße meinen Blick von ihr los. Egal wie entzückend die restliche Belegschaft sein mag, wir arbeiten schon zu lange und zu eng zusammen, als das mich ein wenig Optik schon auf erotische Gedanken bringt.

»Wie viele haben wir schon?«

Mit der Linken greife ich an ihr vorbei und drehe die Gästeliste zu mir. Mit der Rechten verschiebe ich den Monitor, sodass ich die Zahlen kontrollieren kann.

»Wieso fragst du, wenn du dich gleich selbst auf die Unterlagen stürzt?« Leiser fügt sie ein »Kontrollfreak« hinzu, was ihr einen leichten Klaps auf den Hintern einbringt.

Nur weil ich ein Kontrollfreak bin, heißt das ja noch lange nicht, dass sie mich so nennen darf!

»Wir liegen im *Soll.*«

Im *Soll* war immer gut und der Blick auf die Uhr ließ hoffen. Jeder Tag über *Soll* war ein hervorragender Tag. Die Männer-Frauenquote lag an Wochentagen ohne Events bei drei zu eins. Die meisten Besucher waren Pärchen, die Solomänner suchten oder zumindest tolerierten. Denn in der Woche waren die oberen Spielwiesen – anders als an den Wochenenden – auch für die »Solos« geöffnet.

Ein Klingeln an der Tür unterbrach den Redefluss meiner Kollegin und veranlasste mich dazu, den Computer auf Monitor zu stellen. Sofort wurde mir ein Bild von den Neuankömmlingen gezeigt. Frauen. Prima.

Ich öffnete die Tür. »Immer herein, die Damen!«, grüßte ich und wunderte mich kurz über die Anzahl. Auf dem Bild hatte ich nur drei Grazien ausmachen können, doch hier standen sieben. Stirnrunzelnd trat ich hinter die Empfangstheke. Aber gut, jede Solodame war eine gute Solodame und ermöglichte es uns, mehr Soloherren einzulassen. Und Soloherren brachten viel Geld. Während Paare einen durchschnittlichen Kostendeckungsbeitrag abgaben, der an den meisten Tagen bei 40 Euro lag, mussten die einzelnen Herren über 100 Euro für einen Abend bei uns bezahlen. Ohne Anrecht auf Spaß und sexuelle Verlustigung selbstverständlich. Wir waren ja ein Swingerclub, kein Puff – alles kann, nichts muss. Ein etwas abgedroschenes Swingermotto, aber ein sehr zutreffendes.

Aber um Motto und Verlustigung zu modernisieren und in eine hohe Wahrscheinlichkeitsphäre zu heben, hatten Solodamen bei uns in der Woche freien Eintritt. Natürlich inklusive aller Getränke, des warmen Essens, des kaltes Buffets, der Suppen, Salatbar und des Nachtisch-Arrangements. Allein bei dem Gedanken lief mir das Wasser im Munde zusammen und mein Magen knurrte abermals. Dieses Mal leise.

»Guten Abend, die Damen. Heute zum ersten Mal hier?«, erkundigte sich meine Kollegin.

»Jau, wir schon. Aber 'ne Freundin war neulich mal hier.«

»Und dann hat sie uns gleich empfohlen?«

»Ja, das Essen soll super sein. Und die Location, die Getränke.« Die Sprecherin machte eine umfassende Geste.

»Dann brauche ich einmal die Namen, dann bekommt jede der Damen einen Schlüssel für die Schränke im Umkleideraum. In den Schrank können Sie Ihre Sachen packen und sicher verschließen.«

»Ne ne, brauchen wir net. Wir bleiben wie wir sind.«

Ich wollte eben protestieren, da fiel mir auf, dass alle sieben in Putzkitteln vor uns standen. Nicht unbedingt erotisch und nicht unbedingt jedermanns Sache, aber eindeutig eine Art von Fetischbekleidung.

»In Ordnung«, meinte ich. Fetischbekleidung war immer gut und gleich sieben Frauen in gleicher Montur. Wow. Dafür bezahlten andere Clubs gutes Geld.

»Prima!« Die Sprecherin drehte sich zu ihrer kleinen Gruppe um.

Jede Wette, dass in Wirklichkeit sie diejenige welche war, die uns schon einmal mit ihrer Anwesenheit beglückt hatte. Dachte ich noch, da blaffte sie ihren Schlachtruf: »Auf zum Buffet!«

»Mögen die Damen nicht erst einen Rundgang mit Führung?« Die Worte meiner Arbeitskollegin spiegelten meine eigene Überraschung und Verwirrung. Beides stieg sogar noch an, da die Frauen inzwischen an uns vorbei gezogen waren und nur die Letzte den Anstand hatte, schüchtern den Kopf zu senken. Keine Antwort war manchmal eben doch eine Antwort.

»Du, das sind gar keine Leute mit einem gemeinsamen Fetisch«, flüsterte meine Kollegin und starrte auf den Zettel, den ich immer noch in der Hand hielt. Wahrscheinlich überlegte sie, ob die Putzfrauen trotzdem als »Solofrauen« in der offiziellen Zählung durchgingen.

»Was du nicht sagst«, blaffte ich. Wenn ich eins nicht ausstehen konnte, dann war es das Gefühl, ausgetrickst und überrumpelt worden zu sein. Außerdem hatte ich Hunger. Verflixte Hacke!

Tatsächlich waren die Damen mehr als zielstrebig zum Buffet durchgegangen und hatten dabei Umkleide, Bar und Spielwiesen völlig ignoriert! Sie bedienten sich gerade an den warmen Hauptspeisen und kommentierten die kalten Frikadellen und verschiedenen panierten Schnitzelchen, als ich um die Ecke bog.

Die Blicke der anderen – normalen – Gäste waren durchweg neugierig und belustigt und einen Moment lang fand ich die ganze Aktion auch gar nicht so dramatisch. Dann setzte mein klarer Verstand wieder ein. Wo kämen wir denn dahin, wenn jede Frau von der Straße einfach hier rein marschiert käme und dann über Essen und Getränke herfiel? Nur Heuschrecken wären schlimmer.

Ich seufzte leise, als meine Überlegungen an dieser Stelle ankamen. Natürlich hatte ich keine Handhabe gegen die Damen. Sie benahmen sich, trugen vermeintlich Fetisch- Outfit und unsere Eintrittsreglung war eindeutig. Damen zahlen nicht. Basta.

Missmutig schaufelte ich mir Spätzle und Rindergulasch auf meinen Teller, fügte Tomaten-Mozarella und einen Löffel Sahne-Gurken-Salat hinzu und setzte mich in eine Ecke. Von dort behielt ich den seltsamen Damenausflug im Auge.

Während ich aß, überlegte ich, wie ich die Situation meinem Chef schildern konnte und ob sich mein schlechtes Gefühl nicht doch irrte. Schließlich könnte es sich bei der Ansammlung skurriler Gestalten um einen einmaliger Kegelausflug handeln, eine Mutprobe oder einen Junggesellinnenabschied.

Kurz darauf wurde mir klar, dass das schlechte Gefühl seine Berechtigung gehabt hatte: Die Damen zogen weiter. Zur Theke in der Disko. Dort entspannte sich die Gruppe bei netten und kostspieligen Getränken. Keine Blicke, Flirts oder andere Kommunikationsversuche. Die schon erwähnten »normalen« Gäste wurden gänzlich ignoriert und man hörte anregende Gespräche über Urlaub auf Malle, Tante Trudchens Geburtstag und die Pilz-Kur von Onkel Eduard. Ganz, wie man sich Erotik vorstellt. Ätzend! - Eine halbe Stunde später war der Spuk vorbei, die Heuschrecken brachen hastig auf und verschwanden genauso, wie sie gekommen waren.

»Immerhin eine einmalige Aktion«, kommentierte meine Kollegin von der Tür.

Ich nickte stumm.

»Apropos einmalige Aktion: Jemand hat ein Zelt auf unserem Parkplatz aufgestellt und steht nackt davor.«

»Nackt?«

»Ja, wie *unbekleidet.*«

»Bin schon unterwegs!«

Vor der Tür ignorierte ich die wartenden Frauen, die immer noch in ihrem Fetisch-Outfit unterwegs waren, und wandte mich zu dem Zelt. Tatsächlich. Ein unbekleideter Mann.

Er drehte sich um und strahlte mich an. »'nabend, Howard.«

»Kumpel Thilo. Was machst du denn hier?«

Mein Blick wanderte zwischen Zelt, Campingbus und Thilo hin und her und ich versuchte einen tieferen Sinn in den vorhandenen Fakten zu finden. Doch nein, der Freund meines Chefs blieb nackt und sein Zelt stand planlos auf unserem Gästeparkplatz.

»Wonach sieht es aus?«

»Nackt zelten.«

»Genau.«

»Warum?«

»Macht mich einfach geil.«

»Okaaayyy.« Ich zuckte mit den Achseln. War ja ein freies Land und warum sollte ich es mir mit einem netten Stammgast und guten Kunden versauen, nur weil er wochentags einen meiner ohnehin nicht allzu besetzten Parkplatz-Stellplätze blockierte?

»Und wer sind die reizenden Solodamen dort?«

»Ein einmaliger Ausflug«, hoffte ich und wandte meinen Blick zum zweiten Problem des Abends. Die sieben Putzzwerge stiegen gerade in ein Fahrzeug, auf dem gut sichtbar das Logo einer lokalen Reinigungsfirma zu erkennen war.

»Das ist doch gar kein Fetischoutfit. Das sind dickärschige Atta-Girls.«

»Sehe ich auch so.« Ich kam mir mehr denn je verarscht vor.

»Du, putzen die nicht das große Büroobjekt am Ende der Straße?«

»Ja, einmal die Woche«, grummelte ich – und freute mich auf nächsten Mittwoch.

Von Stunde an erhöhten wir den Eintritt für Solodamen in der Woche symbolisch auf 10 Euro – und die munteren Putzzwerge wurden zum Glück nie wieder bei uns gesehen.

2. Das Schwein! - Der Fussmatten-Terrorist

Müde starrte ich auf den Bildschirm und ging die Liste im Geiste noch einmal durch. Hatten wir alles, was für eine Ausstellung auf einer großen überregionalen Erotikmesse notwendig war?

Mobiler Messestand – vorhanden
Flyer – vorhanden
Nette Damen, die sie verteilen – vorhanden
Eintrittsgutscheine für interessierte Paare – vorhanden
Getränke,
Knabberkram und Plastikbehälter für beides – vorhanden

Prima, dachte ich. Schließlich hatten wir es uns zur Aufgabe gemacht, neue Swinger anzuwerben und generell den Swingerclubs etwas von dem faden oder gruseligen Touch zu nehmen, der von einigen halbdokumentarischen Fernsehformaten geprägt worden ist. Das ging am besten mit Ehrlichkeit, Offenheit und indem man an die Orte geht, an die auch sexuell neugierige und erotisch offene Menschen gehen.

Dementsprechend machte ich mich auf, die tragbaren Plakatwände, die die wichtigsten Fakten über unseren Club zusammenfassten und einen visuellen Eindruck von unserer Einrichtung und dem Klientel bieten sollten, einzurollen und sicher zu verstauen. Als ich ungefähr die Hälfte sicher und stramm gerollt hatte, klingelte das Telefon.

»Verflixt!«

Kurz erwog ich, es einfach läuten zu lassen. Aber da auch das andere Büro nicht besetzt war, gewann mein Gewissen.

»Schönen guten Tag, Swingerclub X, Howard Chance am Apparat.«

»Hallo, ich war eben bei euch.«

»Schön für dich und wer bist du?«

»Das Schwein.«

Ich blinzelte. *Das Schwein?* Das hatte ich doch irgendwo schon einmal gehört. Aber wo? Vorsichtiger geworden erkundigte ich mich: »Und was macht *das Schwein*?«

»Scheißt auf Fußmatten.«

»Vollidiot!« Ich legte auf, stürmte nach unten und riss die Vordertür auf. Tatsächlich.

Da lag, mitten auf unserer Fußmatte, ein ansehnliches Häufchen menschlicher Notdurft und stank zum Himmel. Ich schloss die Tür, in der Hoffnung, beim nächsten Öffnen würde sich alles als böser Traum entpuppen. Passierte natürlich nicht. Der Haufen blieb rustikal und massig wo er war und entfaltete mehr und mehr muffige Aromen.

Jetzt erinnerte ich mich auch. *Das Schwein.* Natürlich. Der Mann mit der Schweinemaske trieb in allen Bundesländern Schindluder und hatte inzwischen den meisten großen Clubs in Deutschland einen eindeutigen Besuch abgestattet. Erst kacken, dann anrufen, war sein Motto. Und wir brauchten nun dringend eine neue Fußmatte.

Das Schwein wurde übrigens wenige Monate später von einer Club-Kollegin aus einer benachbarten Stadt, die ihn »beim Geschäft« aus dem Fenster gesehen hatte, erfolgreich gestellt. Auf der Polizeiwache konnte er nicht genau erklären, was ihn getrieben hatte oder warum er in ganz Deutschland Fußmatten diverser Swingerclubs besudelt hatte. Es habe ihn eben irgendwie erregt.

Von einem wirklichen Verbrechen ist die vorsätzliche Fußmatten-Besudelung nun weit entfernt, es ist schwer jemanden einzusperren, nur weil er in die Ecke scheißt. Die Polizei wollte mit all diesem Blödsinn nichts zu tun haben und schickte das Ferkel in psychiatrische Begutachtung, wo er seine frühkindliche anale Phase hoffentlich inzwischen aufgearbeitet und überwunden hat.

3. Swinger-Thilo auf Tour

Freitag, früher Abend. Ich stand an der Bar und wunderte mich über einen Mann, der nun schon zum dritten Mal innerhalb einer halben Stunde an mir vorüber rauschte und dabei einen großen Kreis durch unser Erdgeschoss zog, wobei er immer wieder den Bogen an den Toiletten vorbei machte. Gerade als er zum vierten Mal an mir vorbei ging und ich mir vornahm, ihn beim fünften Mal zu fragen, was er denn da eigentlich macht (man ist schließlich neugierig), wurde ich von der Seite angetippt.

»Telefon für dich.«

»Für mich?« Ich starrte auf den Hörer, der mir entgegengehalten wurde, nahm ihn aber schließlich entgegen. Wer konnte einer charmanten Frau in Unterwäsche widerstehen, auch wenn man keinen Anruf gebrauchen konnte und eigentlich auch in zwanzig Minuten frei hatte?

»Howard Chance«, meldete ich mich deswegen ein wenig schroff.

»Hallo, Polizei Köln, Kommisar Bäumer am Apparat.«

Polizei? Adrenalin schlug über mir zusammen. Was war passiert? Und was hatte dieses etwas mit mir zu tun?

»Wir haben hier einen Mann, Thilo Jäger. Er hat sie als Kontaktperson angegeben. Da er jetzt wieder nüchtern ist, können Sie ihn bei uns abholen kommen. Stolkgasse!«

»Grundgütiger!«

Soviel zu in zwanzig Minuten frei.

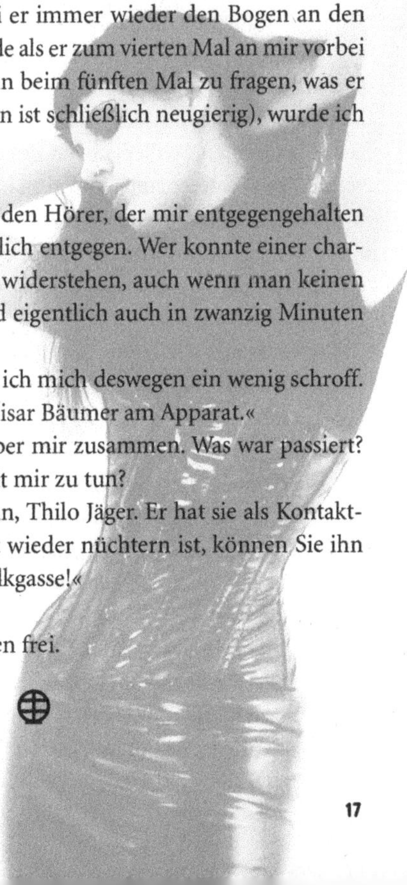

Tatsächlich stand ich eine Stunde später auf der Kölner Altstadt-Wache. Dort erfuhr ich die ganze Geschichte:

Am frühen Nachmittag war Thilo im Brunnen vor dem Hohen Dom zu Köln nahe der Domplatte planschen gegangen. Nackt. Hunderte von Touristen und Shoppern, wie sie in Köln zu dieser Jahreszeit an diesem Ort üblich sind, hatten ihn nicht gestört. Die toleranten Kölner sind Kummer gewohnt und die auswärtigen Gäste dachten sicher, dass alles seine Richtigkeit haben würde. Lediglich der Dom-Aufsicht unter Dienstherr Joachim Kardinal Meissner war die Sache eindeutig zu bunt und so hatte man nach Erscheinen der Ordnungsmacht verlangt, um dem sakralen Platz die Würde zurück zu geben. Wie Thilo in den Brunnen gekommen war, konnte nicht geklärt werden, denn seine Kleidung war nirgendwo zu finden.

Die alarmierte Polizei lief dementsprechend hilflos um den Brunnen herum und verlangte, der nackte Badende, solle herauskommen. Der weigerte sich mit dem Verweis, er sei ja nackt und würde sich gewaltig fürchten. Schließlich würde er sich nicht umsonst im Wasser verstecken. Nachdem die Polizei ihn nach einer guten halben Stunde mit vier Einsatzkräften mehr oder weniger gewaltsam herausgezogen hatte, sprach er von einem brutalen Überfall. Man habe ihm die Anziehsachen geklaut, und weil er sich so geschämt habe, hätte er sich eben im Brunnen versteckt.

Für jemanden wie Thilo eine gute Erklärung. Leider hatte er diese mit seinen sachdienlichen Angaben zu den Tätern wieder kaputt gemacht.

»Leicht lallend hat er zu Protokoll gegeben, die zwei Leute, die ihn überfallen hätten, wären mindestens zwei Meter groß gewesen, vollbärtig, vermutlich libanesische Transen und wären mit der Diebesbeute direkt in den Dom gelaufen«, meinte der Beamte und sah mich so strafend an, als sei es meine hanebüchene Geschichte, die er zum Besten gab.

»Dann sind wir mit ihm auf die Wache gefahren, haben die Angaben zu seiner Person überprüft, ihm Anziehsachen aus der Kleiderkammer besorgt und ihn wieder gehen lassen.«

»Unglaublich«, kommentierte ich.

»Aber es ist noch nicht zu Ende«, erwiderte der Kriminale.

Ich grinste und sah aus dem Fenster.

»Nein, natürlich nicht. Aber, Herr Kommisar, ich habe magische Fähigkeiten: Thilo ist noch einmal ausgeraubt und entkleidet worden und sie haben ihn wieder in dem Brunnen gefunden? Diesmal waren es vermutlich albanische Zuhälter auf der Durchreise?«

Der Beamte starrte mich mit einer Mischung aus Ehrfurcht und Entsetzen an. Die Erkenntnis, die sich schließlich in seiner Mine abzeichnete, als ich meinen extremen Freund in Empfang nahm, gefiel mir kein bisschen, sie sagte: *Manche Leute verdienen einander.*

4. Grabscher Kurt oder »Rette sich, wer kann«

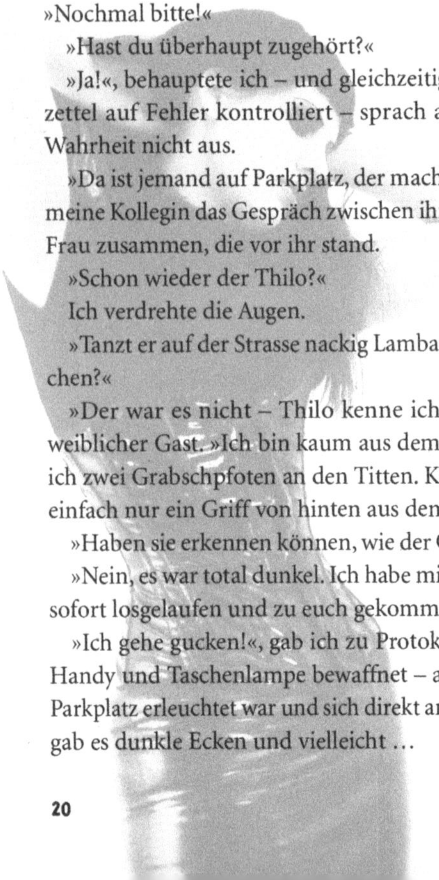

Die Worte drangen nur rudimentär in meine Gedanken, endeten aber eindeutig mit *Howard.*

»Entschuldigung«, meinte ich und sah von den neuen Flyern auf. »Nochmal bitte!«

»Hast du überhaupt zugehört?«

»Ja!«, behauptete ich – und gleichzeitig hatte ich die neuen Flugzettel auf Fehler kontrolliert – sprach aber die andere Hälfte der Wahrheit nicht aus.

»Da ist jemand auf Parkplatz, der macht irgend nen Scheiß«, fasste meine Kollegin das Gespräch zwischen ihr und der jungen, empörten Frau zusammen, die vor ihr stand.

»Schon wieder der Thilo?«

Ich verdrehte die Augen.

»Tanzt er auf der Strasse nackig Lambada oder grillt er sein Würstchen?«

»Der war es nicht – Thilo kenne ich!«, echauffierte sich unser weiblicher Gast. »Ich bin kaum aus dem Auto raus und schon habe ich zwei Grabschpfoten an den Titten. Keine Frage, keine Anmache, einfach nur ein Griff von hinten aus dem Hinterhalt.«

»Haben sie erkennen können, wie der Grabscher ausgesehen hat?«

»Nein, es war total dunkel. Ich habe mich einfach erschrocken, bin sofort losgelaufen und zu euch gekommen.«

»Ich gehe gucken!«, gab ich zu Protokoll und machte mich – mit Handy und Taschenlampe bewaffnet – auf den Weg. Obwohl unser Parkplatz erleuchtet war und sich direkt an einer Bushaltestelle befand, gab es dunkle Ecken und vielleicht …

»Hei, Howard. Was machst du denn hier draußen?«

Eine dunkel gekleidete Gestalt, die sich nur durch die leuchtende Warnweste von den Schatten abhob, winkte mir gut gelaunt zu.

»'Nabend, Kurt«, grüßte ich unseren Einparkwart. »Wie lange bist du schon hier?«

»Vielleicht fünf Minuten, vielleicht kürzer.« Interessiert sah er mich an.

»Verflixt!«, fluchte ich leise. Wäre ja auch zu schön gewesen, wenn er jemanden gesehen hätte. Aber Kurt begann erst mit seiner Einwinkaufgabe, wenn es bei uns wirklich losging. Also genau »jetzt«, wie ein Blick auf meine Uhr bewies.

«Hast du irgendetwas gesehen? Ein Mann, der sich auffällig verhalten hat, einen Solomann, der im Auto lauert?«

»Nein, wieso?«

»Jemand hat auf unserem Parkplatz eine junge Frau angegrabscht.«

»Werde auf Auffälliges achten.«

»Super. Lieben Dank!«

Ich stapfte zurück. Jetzt, wo Kurt da war, war nicht nur für eine geordnete Parkplatznutzung gesorgt, sondern auch indirekt für die Sicherheit der weiblichen Gäste.

⊕

»Gut, dass du wieder da bist«, begrüßte mich die Kollegin, und deutete auf eine junge Frau. »Wir haben hier eine Erstbesucherin. Also eine Führung bitte.«

»Aber klar!« Mit einem Lächeln wandte ich mich zu unserem Gast. »Howard«, stellte ich mich vor.

»Ich bin die Beate und ganz furchtbar aufgeregt.«

»Ah... nicht nur bei uns das erste Mal, sondern generell?«, riet ich.

»Jawoll! Sozusagen meine Entjungferung.«

»Prima! Da hast du dir den richtigen Club ausgesucht.« Ich schnappte mir Beates Spindschlüssel und hielt ihr meinen Arm hin. Sie hakte sich ein, sichtlich dankbar über die Unterstützung.

»Hier vorne haben wir deinen Spind, keine Sorge, ich bringe dich hinterher wieder hierher zurück.« Sie musterte den Raum kurz mit verhaltenem Interesse. »Sehr sauber.«

»Natürlich.« Ich zuckte mit den Achseln.

»Ein bisschen wie im Schwimmbad.«

»Das ist so ziemlich das Einzige, womit wir nicht aufwarten können.«

»Deswegen bin ich ja auch nicht hier.« Sie lachte leise und trotz ihrer Schüchternheit wurde mir klar, dass hier tatsächlich einmal eine Erstbesucherin sehr genau wusste, was sie wollte. Selten und ziemlich sexy.

»Hier ist die Disco. Wenn du dich hier hinsetzt, nimm bitte eines der Handtücher und leg es dir unter.«

»Darf man hier auch spielen?«

»Ja, der einzige Raum, wo wir davon bitten abzusehen, ist tatsächlich der Essensraum. Ansonsten kann hier überall erotisch zur Sache gegangen werden.«

Mit einem breiten Grinsen im Gesicht ließ sich Beate die Räume zeigen, die Dunkelkammer, den Pranger, die Lustschaukel, unsere Fickmaschine, die sie minutenlang allein durch den Anblick zum Lachen brachte, den Gyn-Stuhl, aber auch das Buffet und die Duschen.

Gerade als ich sie wieder bei ihrem Spind ablieferte, hörte ich meinen Namen. Ich entschuldigte mich, erntete ein »Klar, man sieht sich.« und ging zur Theke.

»Howard, ein Mädel hat sich beschwert, dass sie im Sexos beim Sex angegrabscht worden ist.«

»Äähhh?« Die Verwirrung musste mir im Gesicht gestanden haben, denn meine Kollegin schüttelte den Kopf.

»Nein, nicht von dem Mann, mit dem sie gerade zugange war.«

»Uuunnnddd?«

Eine Hand auf der Schulter war durchaus als erste Kontaktaufnahme üblich – im Sexos, unserer Dunkelkammer, konnte besagte Hand schon einmal auf einem anderen Körperteil landen – beabsichtigt oder unbeabsichtigt lasse ich einfach einmal dahingestellt.

»Angegrabscht, wie von hinten mit beiden Händen an die Brüste gefasst und aus dem Hinterhalt heraus massiert.«

»Wer war es?«

»Wenn ich das wüsste, hätten sich die Jungs von der Sicherheit schon darum gekümmert.«

Ja, für solch einen Fehltritt war definitiv eine Verwarnung angesagt. Nur weil Frau im Swingerclub war, war sie ja noch lange kein Freiwild und musste jeden Mann an sich herumfummeln lassen. Vorsichtiges Herantasten war erwünscht, Grabschen unerhört. Und manchen Männern musste der Unterschied in einem kleinen, energischen Gespräch nähergebracht werden. Die meisten kapierten es beim ersten Mal, manche beim zweiten und die anderen durften gehen – bis sie die Spielregeln beherrschten.

Aber ehrlich? Manche kapierten es einfach nie. Irgendwie hatte ich das Gefühl, dass es sich dieses Mal um genauso jemanden handelte. Unauffällig prüfte ich das Erdgeschoss und hielt nach verdächtig wirkenden Männern Ausschau. Nichts. Im ersten Obergeschoss ebenfalls … nichts. Nur die üblichen Pärchen, die sich miteinander, übereinander und durcheinander vergnügten.

Auf dem Weg zum Buffet kam mir eine Frau entgegen, die mitgenommen wirkte und sich die Wange hielt.

»Alles in Ordnung?«

»Ja«, nuschelte sie und ein kleiner Blutfaden lief ihr über die Lippe.

»Aber du blutest doch.«

»Deswegen ist ja alles in Ordnung«, sie lächelte mich an. Es kam von Herzen.

»Ist dir irgendetwas Merkwürdiges aufgefallen?«, fragte ich und hätte mich im nächsten Moment am liebsten geohrfeigt. Hatte ich gerade echt eine Frau, die sich über ihr eigenes Blut freute, gefragt, ob sie etwas Merkwürdiges gesehen hatte?

Aber sie überraschte mich positiv. »Ja, so ein Spanner hat eben über meine Toilettentür geschaut, als ich auf dem Pott saß.«

»Und der hat dich gehauen?«

»Nein, nein. Den habe ich gehauen.« Sie klang sehr selbstsicher. Vor allem, wenn man das Blut auf ihrer aufgeplatzten Lippe bedachte. »Eine saftige Ohrfeige.«

»Gut gemacht!«, meinte ich und ging an ihr vorbei Richtung Toilette. Ein Mann mit einem Handabdruck auf der Wange sollte nicht so schwer zu finden sein.

»Ich würde ihn auch wiedererkennen!«, rief die hilfsbereite Frau mir hinterher und ich nickte grimmig. Dazu würden wir sicher gleich kommen.

Ein Schrei ließ mich schneller werden. Er kam eindeutig von einer legendären Transe, die scheinbar große Qualen litt. Drei Gänge weiter traf ich auf den Ursprung des infernalen Lautes. TV Gustl, ein langjähriger Stammgast, lag auf einer eindeutig benutzten Lustwiese, eine hysterisch wirkende Frau stand direkt neben ihr. Beate. Meine Erstbesucherin. Aber etwas stimmte nicht an dem Gesamtbild.

Nach einigen Sekunden kam ich drauf: Gustl hielt sich den Fuß, nicht die Wange, trotz des schummrigen Lichts war Blut zu sehen. Beate wich langsam zurück.

»Was ist passiert?« Ich gab mir Mühe, meine Stimme ruhig zu halten, was angesichts der Situation nicht leicht war.

»Die dumme Kuh hat mir fast den Zeh abgebissen. Sie hat mich mit der Zunge an allen erdenklichen Körperstellen verwöhnt, wollte mir einen blasen und, ja, hat mir zum krönenden Abschluß in den Fuß gebissen«, jammerte Gustl.

Die »dumme Kuh« sagte gar nichts, sondern starrte unsere Premium-Transe mit großen Augen an. Was auch immer hier gelaufen war, es hatte definitiv nichts mit meinem Grabscher zu tun. Und es war wirklich viel Blut. Ich kniete mich neben Gustl nieder und prüfte den Fuß. »Der Zeh ist noch dran.«

»Entschuldigung«, murmelte Beate. »Das war keine Absicht.«

Gustl schimpfte los, es klang hysterisch. Schließlich prustete sie, ein wenig ehrfürchtig: »Was für ein Orgasmus!«

»Oh«, machte ich. »Beate, Du hast Gustl gebissen, als Du gekommen bist?«

»Ja?!«

Beate sah zweifelnd aus, als könne sie sich selbst nicht erklären, was eben vorgefallen war. Aber die Sache war wohl eindeutig. Kontrollverlust beim Sex.

»Lauf mal schnell los und hol den Erste-Hilfe-Koffer vom Eingang!«, befahl ich.

Dankbar sah mich Beate an und war so schnell weg, dass sie einen Rekord damit hätte brechen können. Zum Glück war sie genauso schnell wieder zurück. Gustl hatte derweil die ganze Spielwiese vollgeblutet und jedwede Erotik auf der Etage zum Erliegen gebracht. Sogar eine kleine Menge Schaulustiger hatte sich vor uns versammelt.

»Lass mich mal.« Die Frau mit der blutenden Lippe nahm mir den Koffer ab und legte innerhalb einer halben Minute einen perfekten Verband an. Sie hatte eindeutig Übung!

»Danke.«

»Gerne.« Sie zwinkerte mir zu und half der Verletzten auf die Beine. Offensichtlich war ich hier überflüssig geworden. Also zurück zu meinem Grabscher und der Suche nach ihm.

Auf dem Weg zur Theke lief ich meinem Chef über den Weg und berichtete kurz von allen Geschehnissen. Von Grabscher, Zehenbeißer und der hilfsbereiten Frau mit der blutigen Lippe.

»Ah, du meinst Britta.« Mein Chef strahlte.

»Du kennst sie?«

»Ja, wer hat ihr denn wohl eine geknallt?« Das Strahlen wurde intensiver.

»Du hast …«

»War schließlich ihr Geburtstagswunsch.« Er zuckte nonchalant mit den Schultern und ging Richtung Hintereingang.

Ich sah ihm nach. Manche Leute musste man nicht verstehen und manche SMler einfach so nehmen, wie sie waren. Aber ein Warnschild wäre schon nett gewesen.

Aber der Weg meines Chefs hatte mich immerhin auf eine Idee gebracht. Ich schlich durch den Hintereingang und nach draußen. Inzwischen war der Parkplatz so voll, dass dort niemand mehr parken konnte und sich die Fahrzeuge mit dem Straßenrand begnügen mussten. Kurt lungerte ein wenig gelangweilt mit leidender Mine auf seinem Stuhl herum.

»Alles in Ordnung mit dir.«

»Nein.« Unwillkürlich griff er sich an die Wange.

»Zahnschmerzen?«, fragte ich und verkniff mir ein fieses Grinsen.

»Die hatte einen ganz schönen Schmackes im Schlag!«, klagte Kurt.

»Voll verdient, oder?«

Der Parkplatzwächter nuschelte etwas Unverständliches.

»Muss ich dich abmahnen, oder hast du das *Nein* und die Regeln verstanden?«

»Verstanden!«, behauptete er.

Natürlich hatte Kurt rein gar nichts verstanden.

Zwei Stunden später musste ich ihn nicht nur abmahnen, sondern kündigen, weil er abermals einigen Frauen ohne Erlaubnis an den Busen gegangen war. So jemand hatte in einem Swingerclub nichts zu suchen – erst recht nicht als bezahlter Angestellter.

5. Der Frauen-Verkauf ... Sklavin abzugeben. Koffer inklusive.

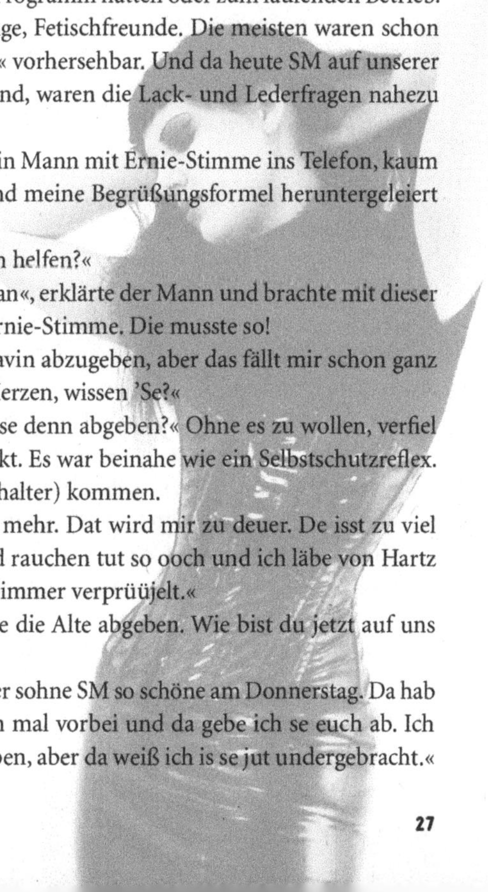

Anrufe zu meinem Bürozeiten sind nichts Besonderes. Die meisten riefen an, um kurz zu checken, ob ihr Outfit geeignet ist, weil sie Fragen zum abendlichen Programm hatten oder zum laufenden Betrieb.

Solos, Paare, Neulinge, Fetischfreunde. Die meisten waren schon bei dem ersten »Hallo« vorhersehbar. Und da heute SM auf unserer Veranstaltungsliste stand, waren die Lack- und Lederfragen nahezu vorprogrammiert.

»'Nabend«, krähte ein Mann mit Ernie-Stimme ins Telefon, kaum dass ich abgehoben und meine Begrüßungsformel heruntergeleiert hatte.

»Wie kann ich Ihnen helfen?«

»Ich rüfe aus Erfurt an«, erklärte der Mann und brachte mit dieser Aussage Licht in die Ernie-Stimme. Die musste so!

»Ich hätte da ne Sklavin abzugeben, aber das fällt mir schon ganz schön schwer. So im Herzen, wissen 'Se?«

»Warum wollen 'Se se denn abgeben?« Ohne es zu wollen, verfiel ich in denselben Dialekt. Es war beinahe wie ein Selbstschutzreflex. Hilfe, die Sachsen (Anhalter) kommen.

»Ich kann dat nisch mehr. Dat wird mir zu deuer. De isst zu viel und trinkt zu viel. Und rauchen tut so ooch und ich läbe von Hartz 4. Der Mann hat sie ja immer verprüüjelt.«

»Ja und dann will'ste die Alte abgeben. Wie bist du jetzt auf uns gekommen?«

»Ihr habt doch immer sohne SM so schöne am Donnerstag. Da hab ich gedacht, ich komm mal vorbei und da gebe ich se euch ab. Ich will auch nix für se haben, aber da weiß ich is se jut undergebracht.«

»Du kennst uns doch gar nicht.«

»Des wird schon de Richtigkeit haben, die is ja ooch devot. Die könnt ihr auch mit drei Männern ins Bett oder auf en Strich schicken, da verdient se sogar noch Geld für euch.«

»Warum machst du das denn nicht?«

»Ne, det kann isch nisch. Die kennen mir ja hier alle. In Erfurt«

»Dann hättest du sie doch in irgendeinen Puff stecken können, wenn die so drauf ist.«

»Die wes doch noch gar nüscht davon.«

Ich schwankte zwischen Unglaube, Hohn und Lachen. Wieder so ein Freak, der meinte, mir einen vom Pferd erzählen zu müssen. Wahrscheinlich nahm er an, dass ich nur auf seinen Anruf gewartet hatte, und mir sonst langweilig wäre. Vermutlich holte er sich bei dem Gedanken an meine Erwartungshaltung und mein »Ich will die Alte haben« kräftisch einen runter, der Zonen-Frieder.

Bemüht neutral meinte ich: »Das klingt aber alles hochinteressant. Ob wir da ins Geschäft kommen, das kann ich dir aber so nicht versprechen.«

»Wichtisch ist nur, de Alte muss weck.«

»Hmhm«, machte ich und kämpfte wieder gegen ein Lachen an. Solche Leute musste man einfach auflaufen lassen.

»... die könnte ja ooch einen Unfall haben ...«, fuhr mein Gesprächspartner fort. Es klang verdammt ernst.

Ich verschluckte mich beinahe an meinem letzten Lach-Ton und protestierte jetzt doch. »Moment mal!«

»Wie gesagt, so ren ämotionol find ich 'se ja nett, aber 'se kostet zu viel Schodder. De Alte muss also weck. Egol wie.«

Ich entschloss mich mitzuspielen. Für komplett ausgedacht war mir die Geschichte zu abgedreht. »Ist die denn SM-mäßig drauf?«

»Wat wes isch, aber die hat doch sowieso immer auf de Fresse gekriecht. Und wenn die jetze noch Jeld dafür kriech, wäre alles klar.«

»Dafür?«, murmelte ich leise und verdrehte die Augen. Nett, wirklich eine ganz ausgesprochen reizende Person. »Und du hast mit deiner Freundin gesprochen?«

»Jaja, habe ich schon. Ich habe auch schon enen Vertrag mit ihr gemacht. Einen Kaufvertrag von der Sklavenzentrale. Bringen wir dann ooch mit.«

Jetzt platzte mir endgültig der Kragen. Entweder war ich gerade live im Radio oder der Typ war blöder, als die Polizei erlaubt. Wie konnte man gleichzeitig so involviert sein, so mit Sklavenvertrag und allem Drum und Dran und dann doch so dämlich, bei einem Swingerclub anzurufen, weil man angeblich seine Alte loswerden wollte. Was war ich? Eine Verwahrstelle für ungewollte Frauen, Seelentröster oder der Live-Depp von *Verstehen Sie Spaß?*

»Willst du mir wirklich so einen Scheiß erzählen? Lass mich einfach in Ruhe! – Frohes Fest!« Energisch legte ich auf und hoffte, dass all meine nicht ausgesprochenen Flüche trotzdem beim Empfänger ankamen.

Kurz bevor wir einige Stunden später offiziell unsere Pforte für die Gäste öffneten, klingelte es an der Tür. Mein erster Verdacht fiel auf Thilo, der zweite auf Britta und der dritte auf meinen Chef, der wieder einmal seinen Schlüssel irgendwo vergessen hatte.

Aber die Realität war noch besser als meine Fantasie.

Vor der Tür standen zwei reale Trantüten. Ein Mann und eine Frau, so richtig im Ossi-Design, als wäre die Wende nie vollzogen worden und sie direkt einem Vorurteilskatalog entsprungen. Innerhalb weniger Sekunden nahm mein Gehirn die Erich-Honecker-Gedächtnisbrille und die VEB-Karojacke wahr. Ob das seltsame Pärchen vierzig, fünfzig, oder gar sechzig Jahre alt war, konnte ich unmöglich feststellen, die Mimik der beiden schien festgefroren zu sein, die Gesichtsfarbe rangierte irgendwo zwischen grau und graubraun und die Frau wirkte unglücklich, müde und alt. Verhärmt. Als sei der Papp-Koffer, an den sie sich klammerte, das Einzige was sie noch aufrecht hielt.

Ach du Scheiße!

Plötzlich wusste ich ganz genau, wer vor mir stand. Und mindestens einer von beiden meinte das hier verdammt todernst.

»Kommt doch erst einmal herein«, bat ich und manövrierte die beiden ungebetenen Gäste in mein Büro.

»Gudrun, setzt dich hinn, hald de Fresse!«, befahl der Ossi, dann wandte er sich zu mir.

»Hier sind die Papiere.«

Er reichte mir einige Dokumente und sah mich erwartungsvoll an. Ich überflog die Seiten. Es war tatsächlich ein Sklavenvertrag. Waschecht und komplett ausgefüllt. Analstute Gudrun wurde uns darin zur vollständigen Verfügung gestellt. Inklusive von »Verprügelungen aller Art«, »sexueller Handlungen« etc. pp.

Gruselig!

Auf der letzten Seite sollte ich den Erhalt und den ordentlichen Zustand der Ware bestätigen.

Die Ware.

»Und was hält Gudrun davon?«, erkundigte ich mich. Ich sah sie an. »Weißt du, was hier passiert?«

»Der hat mich verkooft«, jammerte sie in einem angemessen weinerlichen Tonfall. »Das ist sowieso ein ganz großer Tunichtgut.«

»Sei nett anständig hier, sonst wirste verprieschelt!«, warnte Gudruns Möchtegern-Dom.

Ich meinte ein wenig pikiert: »Ja, hier werden ständig alle Frauen verprügelt und danach selbstverständlich zum Sex gezwungen.«

Der Ossi strahlte mich an. Offensichtlich hatte er weder meinen Sarkasmus erkannt, noch verstanden, dass SM im Grunde nur ein Spiel ist. Ein intimes, sinnliches Spiel, bei dem es um Erotik geht, um Lustschmerz und vor allem darum, dass BEIDE Spaß an der Sache haben.

»Wissen 'Se«, fuhr der Verkäufer fort. »Se macht ja nicht viel Unrath un so. Und stubenrein ist se och… aber se isst enfach zu viel. Beim bümsen isse aber glasse.«

Ich schüttelte den Kopf über so viel Dummheit und Naivität.

»Okay, lass uns mal Tacheles reden: Du kannst doch Deine Freundin nicht einfach so hier abgeben. Wenn Du sie nicht mehr willst und die Frau nicht auf eigenen Füßen stehen kann, dafür gibt es Frauenhäuser, Caritas, Diakonie.«

»Aber da kriesch ich ja ken Geld dafür«, protestierte der geschäftigstüchtige Verkäufer. »Und mir ist auch egal, wozu Se se benutzen und ich stelle och kene Fragen!«

»Meine Güte!« Ich fasste mir an den Kopf. Konnte der wirklich echt sein? »Ihr hättet ja auch an einen Perversen aus dem Internet geraten können. Jemanden, der wirklich auf Extremspiele steht ... und hier steht ihr ganz unschuldig vor mir, kennt mich gar nicht und wisst auch gar nicht, was ich mit der Gudrun machen würde.«

»Das wird schon alles sene Richtischket haben. Schließlich führen Sie hier einen schönen, großen Club un so ...«

»Im Grunde sagst Du doch: Gibt mir Geld. Wenn sie hinterher verschwunden ist, ich sag nichts!«, appellierte ich an das Gewissen des Mannes.

Der strahlte mich ungerührt an. »Genau! Ich nüm ene kleene Abschlagzahlung und kann dann auch nach Hause fahren.«

»Moment mal ...« So langsam ging mir ein Kronleuchter auf. »Erst dann kannst Du nach Hause fahren?«

»Ja, klor. Benzin is deuer.«

»Also ich gebe Dir eine Kleinigkeit für die Gudrun, damit Du Benzingeld hast und tanken kannst?«

»Ja!«

»Aber ehrlich? Ich will die Gudrun gar nicht kaufen. So etwas machen wir nicht. Wir kaufen und verkaufen keine Menschen. Auch keine Sklaven.«

Auch keine mit Dachschaden, dachte ich, sprach es aber nicht laut aus. Schließlich hatten auch Sklaven mit Dachschaden Gefühle. Wenn auch nicht unbedingt welche von der nachvollziehbaren Art.

»Wieso? Es war doch schon alles klar?!« Der Ossi sprang auf und sah mich verzweifelt an. »Wenn et an der Abschlagzahlung liescht. Ich will wirklich nur genug, um nach Hause zu kommen.« Langsam setzte er sich wieder. »Vielleicht könnde ich auch einfach das Geld nehmen, dass die Alde heude im Club verdient?«

»Die Gudrun verdient aber nichts in unserem Club. Wir nehmen Eintritt und verkaufen keine Frauen!«

»Aber ...« Er sah Gudrun an, als sei die gesamte Situation ihre persönliche Schuld. »Ich dachte, Se begutachten de Ware und wenn die kenen Schaden hat, nehmen Se se. De Tidden sind doch gut. Ken Schaden.«

Hat sie aber. Genau wie der Verkäufer. Mega-Dachschaden.

Ich schüttelte abermals den Kopf. »Das ist eine Frau, ein Mensch, keine Ware.«

»Ja, was soll isch denn jetze machen?«

»Weißt Du was? Ich gebe Dir fünfzig Euro und Du bringst die Gudrun in das nächste Frauenhaus.«

Zweifelnd sah mich das seltsame Pärchen an, fügte sich aber meinem Willen. Die ostdeutsche Jammer-Prozession nebst Koffer zog – der Herr sei gepreisen - ihres Weges.

Kaum waren die beiden gegangen, bekam ich ein schlechtes Gewissen. Was, wenn der Typ die Gudrun NICHT in ein Frauenhaus brachte. Was, wenn er tatsächlich an einen irren, sadistischen Freak aus dem Internet geriet und dem die arme Frau verkaufte. Auf das sie nie wieder gesehen wurde?

Verdammt!

Ich griff zum Telefon.

Als »mein« Ossi von der Polizei aufgegriffen wurde, war von Gudrun weit und breit keine Spur.

Der Verhörte gab zu Protokoll, dass er mit DIESEN SMlern nix am Hut habe, aber DIESER Club wollte seine Alte unbedingt kaufen ... Jetzt wäre man sich aber nicht handelseinig geworden. Der Typ (ich) hätte Papiere haben wollen, und jetzt doch nicht und bei der Alten hätte er (ich) es sich ja anders überlegt. Total unzuverlässig. Scheiss Wessies!

Die Gudrun habe er irgendwo in der Pampa ausgesetzt, mit Papp-Koffer natürlich. Zum Glück wurde sie kurz darauf von der Polizei in einer Bahnhofskneipe aufgegriffen und in die Obhut des zuständigen Landeskrankenhauses übergeben.

»Mein« undankbarer Ossi schaffte es auf diesem Weg ebenfalls problemlos bis in die Psychiatrie und ich war um eine seltsame, denkwürdige Geschichte reicher.

6. Personal gesucht ...
Schau mal, wer da klingelt ...

Wir kriegen ständig Bewerbungen. Eingetragen sind wir als Gaststätten-Betrieb und genauso führt uns z. B. auch das Arbeitsamt in seinen Unterlagen. Selbst wenn die Schulen Praktikumswochen haben, kriegen wir Post. Der Wortlaut ist immer ziemlich ähnlich: »Sehr geehrte Damen und Herren, ich bin XY (irgendetwas unter 18 Jahren) alt und besuche die XY-Schule. Gerne möchte ich bei Ihnen ein Praktikum machen.«

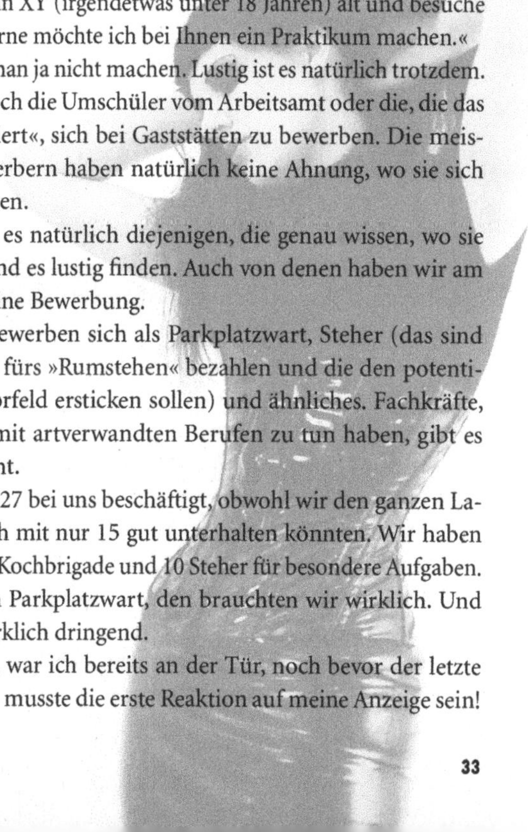

So etwas kann man ja nicht machen. Lustig ist es natürlich trotzdem.

Dann gibt es noch die Umschüler vom Arbeitsamt oder die, die das Amt dazu »animiert«, sich bei Gaststätten zu bewerben. Die meisten von den Bewerbern haben natürlich keine Ahnung, wo sie sich eigentlich bewerben.

Und dann gibt es natürlich diejenigen, die genau wissen, wo sie sich bewerben. Und es lustig finden. Auch von denen haben wir am Tag mindestens eine Bewerbung.

Solche Leute bewerben sich als Parkplatzwart, Steher (das sind die Leute, die wir fürs »Rumstehen« bezahlen und die den potentiellen Ärger im Vorfeld ersticken sollen) und ähnliches. Fachkräfte, die irgendetwas mit artverwandten Berufen zu tun haben, gibt es eigentlich gar nicht.

Insgesamt sind 27 bei uns beschäftigt, obwohl wir den ganzen Laden zeitweise auch mit nur 15 gut unterhalten könnten. Wir haben Handwerker, eine Kochbrigade und 10 Steher für besondere Aufgaben. Aber einen neuen Parkplatzwart, den brauchten wir wirklich. Und zwar wirklich, wirklich dringend.

Als es klingelte, war ich bereits an der Tür, noch bevor der letzte Ton verklang. Das musste die erste Reaktion auf meine Anzeige sein!

»Guten Abend, Müller mein Name.« Der Mann machte einen adretten Eindruck. Kaum vorstellbar, dass so einer für ein paar Kröten abends am Wochenende in einem Swingerclub arbeiten wollte.

»Howard Chance.«

»Wissen Sie, meine Alte fickt gerne. Ich habe sie heute nicht mitgebracht, weil ich erst einmal ein Vorgespräch führen wollte. Aber die macht alles. Anal, spritzen und pissen.«

Ich zählte stumm bis zehn und schwor mir leise beim nächsten Mal erst die Gegensprechanlage zu konsultieren. Oder gar schriftliche Bewerbungen für die Position des Parkplatzwarts zu fordern. Das würde wenigstens die größten Idioten abschrecken.«

»Ja, und die hast du nicht mitgebracht?«

Der Mann schwitzte. Sein Gesicht war leicht gerötet. Ob vor Erregung oder Scham, konnte ich nicht genau einschätzen, hätte aber spontan auf das erste getippt. »Nein, die weiß auch noch nichts davon.«

»Das ist schlecht.«

»Wenn wir in den Urlaub wollen, brauchen wir die Kohle. Was würdet ihr denn bezahlen?«

»Wofür?«

»Wenn die mal im Club die ganze Runde flachlegt.«

»Was soll das jetzt werden?«

Ich nickte meiner Kollegin zu, die pünktlich für den Abend Stellung hinter dem Eingangstresen bezog. Wir beide wussten, dass es diese ominöse Frau gar nicht gab. Die meisten, die es auf diese Art versuchten, wollten sich auf unsere Kosten einen runterholen oder sich wichtig machen.

»Ich gucke mich dann heute Abend hier mal um, ob das ein gutes Umfeld für meine Gerti ist.« Der Mann machte einen entschlossenen Schritt an unserer Theke vorbei.

Ich versperrte ihm den Weg. »Das kannst du machen, wenn du die Gerti mitbringst.«

»Aber ich muss doch erst einmal prüfen, ob der Club in Ordnung ist.«

»Gerne. Das kostet dann 100 Euro. Die können wir gerne beim nächsten Besuch als Paar verrechnen.« Ich lächelte und ignorierte das Kichern der Kollegin.

»Unseriös, total unseriös!«, echauffierte sich der Mann – verschwand und kam auch nicht wieder. Weder mit noch ohne Gerti.

7. »Swinger-Club« … Wo geht es zu Glen Miller & Co?

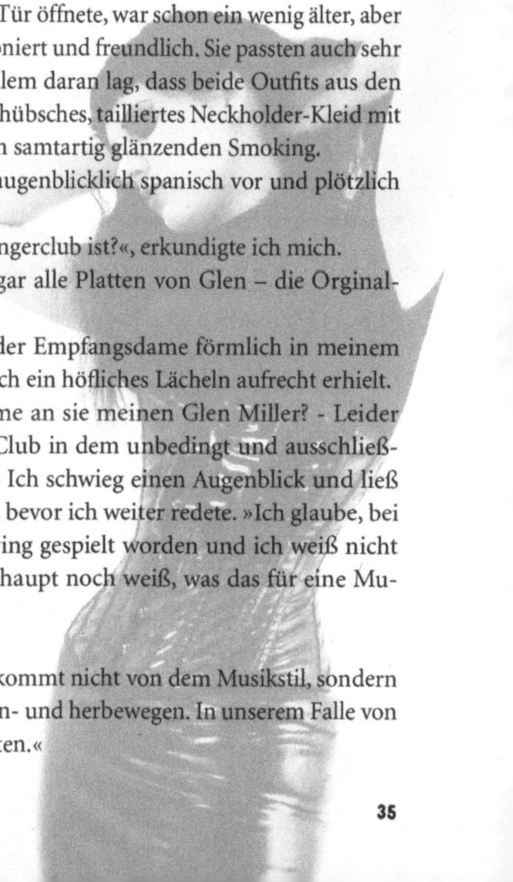

Ja, es gibt normale Abende in einem Swingerclub. Nein, das hier war keiner von ihnen. Schon wieder nicht.

Dabei hatte alles so harmlos angefangen. Das nette Pärchen, dem ich gegen zwanzig Uhr die Tür öffnete, war schon ein wenig älter, aber ganz offensichtlich ambitioniert und freundlich. Sie passten auch sehr gut zusammen. Was vor allem daran lag, dass beide Outfits aus den 20er Jahren trugen. Sie ein hübsches, tailliertes Neckholder-Kleid mit leichtem Petticoat, er einen samtartig glänzenden Smoking.

Die beiden kamen mir augenblicklich spanisch vor und plötzlich hatte ich eine Vision.

»Sie wissen, was ein Swingerclub ist?«, erkundigte ich mich.

»Ja, klar. Wir haben sogar alle Platten von Glen – die Orginal-Ausgaben.«

Ich konnte das Feixen der Empfangsdame förmlich in meinem Rücken spüren, während ich ein höfliches Lächeln aufrecht erhielt.

»Glen … nun ich nehme an sie meinen Glen Miller? - Leider ist ein Swingerclub kein Club in dem unbedingt und ausschließlich Swing gespielt wird.« Ich schwieg einen Augenblick und ließ meine Worte nachwirken, bevor ich weiter redete. »Ich glaube, bei uns ist sogar noch nie Swing gespielt worden und ich weiß nicht einmal, ob unser DJ überhaupt noch weiß, was das für eine Musikrichtung ist.«

»Ja, aber …«

»Wir sind Swinger. Das kommt nicht von dem Musikstil, sondern meint das englische sich hin- und herbewegen. In unserem Falle von einem Partner zum Nächsten.«

»Oh!«, machte das ältere Pärchen unisono, schien aber immer noch nicht ganz begriffen zu haben, dass ich nicht Tanzpartnertausch meinte. Deswegen verdeutlichte ich: »In erotischer Weise – beim Sex.«

»Oh!«

Die beiden Herrschaften sahen sich an und der stumme Dialog führte schließlich zu einer Einigung. »Aber Musik gibt es bei Ihnen trotzdem?«

»Ja, wir haben eine Disko.«

»Und eine Theke?«

»Sogar ein Buffet.«

Die Frau strahlte mich an und ging Hand in Hand mit ihrem Mann an mir vorbei. »Dann wollen wir uns DIESE Swinger doch einmal angucken.«

Tatsächlich saßen die beiden wenig später an der Theke und amüsierten sich auch ganz ohne Glen Miller gut. In ihren adretten Outfits waren sie zwar nicht sexy, aber noch ein Hingucker und immer wieder standen sie auf und schwangen die Tanzhufe.

Ich lehnte mich an den Durchgang zum Büffet und machte nur einmal Platz, um den seltsamen Mann durchzulassen, der mir schon vor Wochen aufgefallen war. Ich versuchte mich zu erinnern. War da nicht vor Wochen etwas mit der Toilette gewesen?

Egal! Musste harmlos gewesen sein, sonst hätte ich es nicht vergessen.

Ein Vibrieren an meinem Bein riss mich aus meiner Überlegung. Obwohl ich dem Mann immer noch hinterherstarrte, zückte ich das Clubhandy und öffnete die Nachricht von Britta. »Geil, oder?«

Das anhängende Foto zeigte einen echten Riesen-Hintern. Jede Arschbacke wurde von einem kreisrunden, dunkelbraunen Fleck verunziert. Seltsam das.

»Thilo ist da.« Eine der Kolleginnen hatte sich von hinten an mich herangeschlichen und sich auf die Zehenspitzen gestellt, um mir ins Ohr zu flüstern.

»Und warum flüstern wir?«

»Weil Thilo nackt vor der Tür steht und sich partout nichts anziehen will. Außer der roten Pudelmütze, die er auf der Glatze hat, ist er schlicht nackig.«

»Wo hatte er sein Bargeld?«

»Du willst es nicht wissen.«

»Urgs.«

»War nur Spaß. Er hatte das Eintrittsgeld passend in der Hand.«

Na prima! Das fehlte mir, ein nackter Tilo, der meine Swingerpärchen vergraulte – und die Hälfte der anderen Gäste gleich dazu. FKK war ja okay. An FKK-Tagen. Aber an den meisten anderen Tagen war es doch deutlich schöner, die Leute halbwegs angezogen im Club zu haben. Besonders im Büffetbereich, wenn sich das Essen und die gefüllten Spargelröllchen auf dem Tisch befanden. In Hüfthöhe.

Thilo starrte auf die Sachen, die ich ihm nach dem »Guten Abend« in die Hand gedrückt hatte.

»Was soll ich denn damit?«

»Anziehen natürlich.«

»Aber ich ...«

»Kein aber ich. Das ist nur ein Teil meiner Auswahl. In meinem Büro habe ich noch mehr Klamotten, du kannst dir aussuchen, was du willst. Lack, Leder, Latex. Hauptsache, du ziehst dir eine Kleinigkeit an. Wenigstens deinem Schniedel.«

»Hast du auch was Abgefahrenes?«

»Klar, abgefahren ist mein zweiter Vorname.« Ich führte Thilo in mein Büro und öffnete meinen Schrank für Notfälle.

»Weißt du, dass ich in Berlin auf einer Super-Tauchglocken-Party gewesen bin?«

»Will ich wissen, was eine Tauchglockenparty ist?«

»Eine Party mit riesigen Aquarien. Man kann sich da Tauchanzüge mit Glocke, Vollanzug und Bleischuhen leihen und unter Wasser bleiben, während um einen herum gefeiert wird.«

»Okay.«

»Wenn man genug bezahlt, kann man das die ganze Party über machen.«

»Okay.«

»Ich war fünf Stunden lang in dem Pool.«

»Mmh ...« Immerhin hatte er dabei etwas angehabt.

Thilo überraschte mich nicht, sondern griff gezielt nach einem Latexanzug mit Gasmaske. Und da soll mal jemand sagen, er wäre nicht doch vorhersehbar.

»Aber meine Pudelmütze behalte ich auf!«

»Meinetwegen.«

Ein Vibrieren in meiner Tasche schreckte mich auf. Wieder eine SMS von Britta. »Ich habe fünf Minuten auf der Herdplatte geschafft. Beim nächsten Mal versuche ich zehn. Kuss!« - Das war also die Erklärung des Fotos. Ich starrte auf das Firmenhandy und versuchte das Bild von dem Hintern – dem verbrannten Hintern – aus dem Kopf zu bekommen. Aber es war zu spät.

Wenige Minuten später erinnerte ich mich wieder. Der geheimnisvolle Mann war mir aufgefallen, weil er immer seine Kreise zog. Immer durch die Disco, an den Toiletten vorbei, durch die Essensräume und in die Disco zurück. Dort stand er ein wenig herum, ab und zu bog er auch zur Theke ab und trank etwas, aber dann ging er wieder seine Runde. Als lauere er auf den Nachschlag beim Nachtisch.

Neugierig folgte ich ihm, doch ein kollektiver Aufschrei, bzw. in diesem Fall das plötzliche Verstummen der Musik und jedweden Gespräches, schreckte mich auf und innerhalb einer gefühlten Sekunde war ich zurück in der Disko.

Thilo, der eben noch fröhlich mit Gasmaske und Pudelmütze wie ein Irrwisch über die Tanzfläche gesprungen war, lag auf dem Rücken und bewegte sich nicht mehr. Der Glen-Miller-Swingeropa, seines Zeichens pensionierter Arzt kniete über ihm und versuchte gemeinsam mit seiner Begleiterin Erste Hilfe zu leisten, indem er mit ihm sprach. Ich beugte mich zu Thilo und befreite ihn mit einem Griff von der Maske.

Thilo atmete tief ein und warf mir einen beleidigten Blick zu.

»Besser?«

»Du kannst einem aber auch jeden Spaß kaputt machen«, japste er. Immer noch sehr atemlos.

»Wir bringen dich dann mal an die frische Luft!«, beschloss ich.

»Mmm…«, machte er genießerisch und befand, »das ist bis jetzt eigentlich ein sehr schöner Abend gewesen.«

Ich zog ihn auf die Beine und stützte ihn. Die beiden »Swinger« begleiteten uns nach draußen.

»Thilo steht darauf, wenig Luft zu bekommen. Er dreht meistens den Maskenfilter soweit zu, bis die Lust ganz dünn wird! Und wenn er umkippt und oder ohnmächtig wird, freut er sich erst recht.«

»Oh«, machte das Swingerpaar.

»Naja, jedem das Seine«, meinte der ältere Mann schließlich großzügig. Seine Frau nahm ihn an die Hand. »Genau, und uns den ECHTEN Swing!«

8. Traumjobs: Gangbang-Wart, Matten-Cleaner, Kondom-Auffüller

In einem Swingerclub gibt es Jobs, die ein normaler Mensch nicht kennt. Einen davon habe ich am Freitag machen müssen: den Gangbang-Wart.

Zwanzig bis dreißig Männer vergnügen sich mit vier Frauen und du stehst mittendrin und musst zusehen, dass die Frauen nicht zerquetscht werden und bei allem Druck eine gewissen Sicherheit für alle Beteiligten gewährleistet ist. Dabei musst du auch noch (volle) Kondome einsammeln und kriegst die ganze Zeit von hinten das »Zeug« an die Hose gespritzt, weil irgendein Kerl nicht aufgepasste oder beim Wichsen zu eifrig war. Du achtest also darauf, dass sich die Typen benehmen, nur mit Gummi einlochen und du aus der Schusslinie bleibst. Das ist nur etwas für Hardcorefreunde, denn Männer im Sexwahn klettern dir sogar unten durch deine Beinen durch, getrieben von der Hoffnung der nächste Begatter der Frau sein zu können. Auch das Schieben und Drücken der Männermeute, das anscheinend von einem nicht ganz verschütteten Herdentrieb ausgelöst wird, ist bei dem Job nicht zu vernachlässigen. Denn wenn du fällst, wird es richtig gefährlich. Schließlich fällst du immer AUF irgendetwas. Das ist im schlimmsten Falle die Frau. Oder gar die Frau mit einem Verehrer, der noch nicht richtig eingelocht hat – und das erklären Sie dann hinterher im Krankenhaus oder bei Ihrer Versicherung.

Da ist »Matten-Wart« deutlich einfacher:

Du hast im laufenden Betrieb kaum eine Chance, die Matten zu wechseln oder neu zu beziehen, denn die nächsten willigen Personen, die auf der Suche nach einer freien Spielwiese sind, warten schon. Also egal, was war, die Devise ist: Es muss schnell gehen und wirken. Also heißt es, dass Gröbste wegwischen, mit dem Lappen sauber reiben und »Febreze« versprühen. Manchmal hilft auch das ein oder andere Kissen, die Spuren des aktuellen »Kampfes« zu verdecken.

Allerdings kann es auch hier zu bösen Überraschungen kommen, denn bei manchen Leuten entspannt sich jeder Muskel, wenn sie einen Orgasmus haben. Dann hast du gar keine andere Wahl, als diese Spielwiese kurzfristig zu sperren. Egal, wie sehr die Wartenden murren. Schließlich muss es sauber sein. Das häufigste »Vergehen« ist es sicherlich volle Kondome auf dem Bett liegen zu lassen. Dabei gibt es bei uns an jeder Ecke Mülleimer.

Einmal habe ich so einen Strolch auf frischer Tat entdeckt, wie er das Kondom abrollte und einfach in die Ecke warf. Da mich die Psychologie oder vielleicht besser die Soziologie dieser Tat einfach so unglaublich angenervt hat, meinte ich: »Du hast da was verloren.«

»War ich nicht.«

»Da sind noch deine Verwandten drin.«

»Mensch, das war ich nicht.«

»Räum weg.«

»Is nicht meines.«

Es ist ein bisschen, als wenn die Herren der Schöpfung nach dem Gebrauch das Kondom einfach abstoßend finden und gar nichts für den plötzlichen Gedächtnisschwund können. Es ist wahrscheinlich einfach genetisch bedingt.

Kondom-Auffüller ist ein weiterer ergänzender Job in einem Swingerclub, der bei keiner Berufsberatung der Welt erwähnt wird und der oft mit dem »Cleaner« in Personalunion besetzt wird. Während der Gangbang-Wart darauf achtet, dass alle Männer mit Gummi einlochen, ist es dem Kondom-Auffüller nur wichtig, dass überall Präservative ausliegen und jeder Mann und jede Frau die Chance auf Safer Sex hat.

Aber im Grund ist der Kondomauffüller weit mehr als ein Azubi, der den narrensichersten Arbeitsplatz der Welt hat. Er ist ein Psychologe, Seelentröster und Helfer in allen Lagen. Von allen Angestellten in einem Swingerclub wird er am häufigsten angesprochen, wenn es um die alltäglichen Probleme mit dem anderen Geschlecht geht. Das beginnt bei »Wieso schaut mein Mann anderen Frauen hinterher?«, geht über »Wo steckt denn nur mein Mann?« bis hin zu »Da, die eine Frau sagte *Nein*. Warum?«

Rasch merkt man, dass man hier mit den »normalen« und ehrlichen Antworten nicht weiter kommt. Zumindest der letzte Dialog ist in diesem Falle nahezu immer identisch:

»Weil sie nicht mit dir Sex haben wollte«, sagte der harmlose und unerfahrene Kondom-Auffüller und erhält als nächste Frage ein: »Warum geht sie dann in den Swingerclub? Doof im Kopf?«

»Vielleicht wollte sie nur mit DIR nicht.«

»Ei, ich guter Mann, ich mache gute Sex. Fünfmal hintereinander.«

»Vielleicht bist du nicht ihr Typ?«

»Wie, nicht ihr Typ? Ich bin Typ. Guckst du selbst.«

»Ja, aber vielleicht sucht die Frau einen schlanken blonden Businessmann und nicht einen wilden Hunnen?«

»Hei, bin ich ganz zärtlich. Kann aber auch sein brutale Hengst. Warum sagt Frau *Nein*, kannst du gehen fragen?«

»Kann ich, mache ich nicht. Ich kenne Antwort.«

»Dann musst du hingehen: Hallo Frau, hier Swingerclub. Entweder du ranlassen alle, oder ficki-ficki gar keiner.«

Solche Leute gibt es tatsächlich. Sie sprechen jedweden Akzent, von Hochdeutsch über Platt und jedwede andere Fremdsprache, gerne auch mal gemischt. Sie glauben, wenn sie den Eintritt in den Swingerclub bezahlt hast, können sie jede Frau antatschen, die dort ist. Schließlich sind ja die meisten Frauen ohnehin Schlampen und wenn sie in den Swingerclub gehen erst recht. Wie kann dann eine Frau so unverschämt sein und sagen: DU NICHT! - Das sind die schwierigsten Fälle. Und Rausschmeißen ist stets ein schwieriger Akt.

9. Das Orgasmus-Telefon …
was man nicht hören will!

Eines schönen Tages war mein Chef plötzlich der Meinung wir müssten den Umsatz steigern, indem wir zusätzlich zum normalen Swingerclubgeschäft auch eine Sex-Kontakt-Hotline anbieten. Wir sozusagen als »rundum sorglos und glücklich Paket«.

Schließlich waren wir ja eh im Büro und was lag näher, als mit Headset zu telefonieren, während wir arbeiteten?

Ehrlich? Eigentlich eine ganze Menge.

Aber der Chef ist nun einmal der Chef, also wurden unsere Mädels im Büro dazu »verdonnert« am Erotiktelefon zu sitzen und sexuelle Lösungen für alle Fälle anzubieten. Dazu wurde unser normaler Telefonanschluss mit einer zweiten Nummer versehen, sodass man bequem umstellen konnte und wusste, wie man sich zu melden hatte.

Ein Glück für mich, dass Telefonsex ein eher männliches Feld ist und ich deswegen ganz normal in meinem Büro arbeiten konnte. Abgesehen davon, dass ich die ganze Zeit über gratis Erotik fürs Ohr geliefert bekommen habe. Da haben Leute angerufen, unglaublich!

Einmal ist so eine arme verirrte Seele aus Versehen bei mir in der Leitung gelandet:

»Ich schmeiß mich gleich vor den Zug, aber vorher will ich noch einmal Telefon-Sex haben«, bekam ich die knallharten Fakten sofort serviert. Ich hatte gefühlte 10 Nanosekunden, um zu improvisieren, denn der Anrufer klang nicht nur ernst und gefasst, sondern auch so, als stünde er auf einem Bahnhof.

»Da musst du bis morgen warten«, meinte ich und deutete den beiden Mädels, sie sollten doch bitte genau jetzt die Klappe halten.

»Warum?«

»Na, willst du jetzt deinen letzten Telefon-Sex mit einem Mann haben, ist doch ekelig.«

»Sind denn keine Mädels da?«

»Ne, erst morgen wieder.«

»Dann muss ich das mit dem Umbringen wohl noch mal verschieben.«

Ja, generell eine gute Idee! - Sex rettet Leben – oder in diesem Falle eben Nicht-Sex.

Aber auch ganz ohne Sex-Hotline bekomme ich jede Menge schräger Anrufe, während ich in meinem Büro vor mich hinarbeite. Es gibt Menschen, die rufen jeden Tag bei mir an, um zu erfragen, was an diesem Tag bei uns im Club los ist.

»Was geht heute ab, Alter?«

»Was'n am Abend bei Euch los?«

»Hei, is heute Themenabend?«

Brav beantworte ich die Fragen, frage mich, warum wir eigentlich eine gepflegte Webseite haben und warum die Leute lieber den Sozialkontakt zu mir suchen, als sich selbständig zu informieren.

Noch besser sind die, die sich jeden Montag das Wochenprogramm unseres Clubs vorlesen lassen. Jeden Montag!

So ein Gespräch läuft meistens wie folgt ab:

Ich: »XY Swingerclub, Howard Chance am Apparat.«

Anrufer: »Was ist denn bei euch los?«

Ich: »Wann?«

Anrufer: »Ja, zum Beispiel Montag.«

Ich: »FKK.«

Anrufer: Oh, schön.«

Ich: »Ja.«

Anrufer: »Das heißt, die Leute haben nichts an?«

Ich: »Ja.«

Anrufer: »Schön!«

Anrufer: »Auch keine Unterhosen?«

Ich: »Nein.«

Anrufer: »Schön!«

Es folgt meist ein längeres Schweigen.

Anrufer: »Schweinerei!«

So geht das dann die ganze Woche durch, bis man zu den ganz spezifischen Fragen kommt, die ohnehin irrelevant sind. (»Und wenn auf dem Sonntag ein Feiertag ist?«)

Viel amüsanter, wenn die Anrufer vorgeben, sie wüssten gar nicht, wo sie gerade anrufen.

Anrufer: »Wo ist das genau?«

Ich: »Stadt XY … Lottergasse 25«

Anrufer: »Ach so. Interessant.«

Wieder folgt ein langes Schweigen.

Anrufer: »Ach, ist das da unten, bei dem großen Parkplatz?«

Ich: »Ja.«

Anrufer: »Der Swingerclub?«

Ich: »Ja.«

Anrufer: »Ach so, da war ich ja schon oft.«

Ich: »Schön!«

Anrufer: »Ja, aber ich gehe nicht rein!«

Ich: »Und warum rufen Sie dann an?«

Anrufer: »Mir ist langweilig, da dachte ich, ich ruf mal durch! – Vielleicht komme ich doch mal vorbei. Habe allerdings kein Geld und kein Auto. Momentan!«

Ob wir uns je gesehen haben? Ich kann es nicht sagen, vermute aber nicht. Dafür reden wir jeden Montag fünf Minuten miteinander. Dass unser Freund diverse Dialekte stilsicher simuliert, muss ich wohl nicht extra erwähnen.

Schön sind auch die Männer, die anrufen, um ihre Fantasie durch ein niveauvolles Gespräch anzuheizen. Sie sind gut erkennbar an der abgehetzt klingenden Sprache und dem leichten Stöhnen.

Ich: »XY Club, Howard Chance am Apparat.«

Anrufer: »Ja, hallo?«

Ich: »Ja?!«

Anrufer: »Sind heute so richtig geile Weiber da?«

Ich: »Ja, kann sein.«

Anrufer: »Wie alt sind die denn? Die machen alles, oder. Sind total tabulos?«

An dieser Stelle folgt meistens das erste tiefere Stöhnen oder Hecheln.

Ich: »Nein, die sind alt und hässlich und riechen nach Scheiße.«

Anrufer irritiert und aus seiner sexuellen Fantasie gerissen (man kann beinahe körperlich am anderen Ende der Leitung spüren, wie der Schwanz in seiner Hand schlaff wird): »Warum?«

Ich: »Ich denke, die waschen sich nicht! – Da geht das schnell mit dem Stinken los.«

Anrufer: »Wie?«

Ich: »Ruf wo anders an, Kollege!«

Anrufer: »Wo?«

Ich: »Hol dir deinen Orgasmus woanders!«

Mit dieser freundlichen Aufforderung muss man das Gespräch beenden, sonst hat man im Anschluss die Aufgabe eines Therapeuten – und das will nun wirklich niemand, der eigentlich ganz harmlos in seinem Büro den Papierkram erledigen möchte.

Anrufer: »Schönen guten Tag. Mein Name ist Hajo.«

Ich: »Hallo Hajo.«

Anrufer: »Ich wollte demnächst einmal bei Euch vorbeikommen.«

Ich: »Bist du denn schon volljährig?« Hajo klang nämlich unverschämt jung.

Anrufer: »Ja, ich bin grad achzehn geworden.«

Okay, da galt es, Fingerspitzengefühl an den Tag zu legen. »Kommst du allein oder mit einer Freundin?«

Anrufer: »Mit meiner Mutter.«

»Mit deiner Mutter?« Es gab nicht viel, was mich überraschte, aber das gehörte definitiv dazu.

Anrufer: »Ja, die meint, das wäre was für mich und hat mir einen Gutschein für Euren Club zum Geburtstag geschenkt. Und weil ich mich nicht allein traue, will sie mitkommen.«

Ich: »Okaaay?«

Anrufer: »Aber die Mama weiß nicht, was sie anziehen soll.«

Ich erinnerte mich an meine beiden älteren »Swinger« und überlegte, ob es sich auch hier um ein Missverständnis handeln könnte:

»Und du bist dir sicher, dass deine Mutter mit Dir in einen Swingerclub will?«

Anrufer: »Ja, sie können die Mama auch fragen.«

Ich: »Dann gib mir die Gute doch mal.«

Anrufer: »Ne, die is grad im Keller.«

Ne, okay. Definitiv kein Missverständnis, sondern entweder eine Verarsche oder ein Fetisch. (In welche Richtung der ging, ging mich ja nichts an.)

Anrufer: »Also, was ziehen wir denn der Mutti an?«

Ich erinnerte mich an meine Großmutter: »Ein blaues Tüll-Kleid. Fast durchsichtig!«

Anrufer: »Und unten drunter?«

Ich: »Ja, sie wird doch wohl Unterwäsche haben?«

Anrufer: »Ja, die hat normalerweise immer knappe Tangas an. Oder blaue Straps-Unterwäsche.«

Ich: »Also kann man ihre Unterwäsche sogar durch das Kleid sehen?«

Anrufer: »Ja, fast immer. Besonders von hinten … Ohhh …«

Ich: »Das kann doch nicht wahr sein.«

Anrufer: »Doch, doch«

Ich: »Verarschst du mich?«

Anrufer: »Nein.«

Ich: »Ich komme mir nämlich verarscht vor.«

Anrufer: »Es stimmt aber.«

Ich: »Dann freue ich mich auf einen Besuch von dir und deiner Mutter – wir öffnen jeden Tag um 18 Uhr.«

Mit diesen Worten legte ich auf. Schmutzig kam ich mir trotzdem vor.

Aber schmutziger ging immer!

Anruferin: »Schönen guten Tag, ich wollte mich einmal erkundigen, ob am Eingang eine Passkontrolle stattfindet.«

Ich (bereits etwas skeptisch): »Wieso fragen Sie?«

Anruferin: »Weil ich gerne mit meinem Sohn kommen würde. Er ist sechzehn Jahre alt und bräuchte gegebenenfalls eine Ausnahmegenehmigung. Der ist nämlich frühreif.«

Ich: »Frühreif?«

Anruferin: »Ja, und er sieht aus wie fünfundzwanzig.«

Ich schwieg, weil ich keine Ahnung hatte, was ich sagen sollte – außerdem wollte ich nicht schon wieder einem Anrufer nach achtundzwanzig Sekunden vor den Kopf stoßen. Eine Minute hatte ich mir vorgenommen.

Anruferin: »Also? Würden Sie ihn reinlassen? Er sieht wie gesagt älter aus und kommt mit mir und meinem Mann – seine Freundin bringt er auch mit. Die ist 37.«

37? – Die Freundin? ... Natürlich würden wir den ödipalen Jungen nicht reinlassen. Auch nicht mit zwei Erziehungsberechtigten und einer erwachsenen Freudin als Begleitperson. Auch wenn Familienswinger nicht halb so selten sind, wie Otto-Normal-Mensch vielleicht denken mag. Es kommen oft Mama, Papa, Sohn und Freundin und machen dann zu viert lustig Partnertausch und andere spassige Dinge.

Und auch wenn alle volljährig sind, kann man nur noch hoffen, dass es sich bei Mama in Wirklichkeit um die Stiefmutter handelt und das der Schwiegervater nicht mit Sohn zum Sandwich ansetzt. Ausnahmen bestätigen auch hier leider die Regel!

Auch schön ist einer meiner Stammanrufer, der immer so tut, als sei er ein Beamter vom Ordnungsamt. Er hat es immer ganz eilig und alles ist immer ganz dringend. Dabei sind die Fragen immer dieselben. Da er ganz harmlos ist und der Anruf maximal eine Minute in Anspruch nimmt, tue ich ihm zweimal im Monat den Gefallen und spiele mit. So, als würde ich tatsächlich glauben, dass er »ein Offizieller« ist.

Anrufer: »Guten Abend, Herr Maximus vom Ordnungsamt. Ich muss sofort wissen, was bei ihnen abgeht!«

Ich: »Was geht denn das Ordnungsamt das an?«

Anrufer: »Ich muss das alles wissen.«

Ich: »Tja, das Übliche. Es wird gegessen, getrunken, getanzt ...«

Anrufer: »Und wird bei Ihnen auch Geschlechtsverkehr vollzogen?«

Ich: »Ja, das kann vorkommen.«

Anrufer: »Pfui. Das ist ja entsetzlich. Schämen Sie sich! - Pfui!«

Und mit diesem *Pfui* wird aufgelegt – und ich habe meine gute Tat am Tag vollbracht.

Weniger schön, dafür aber umso amüsanter sind die Anrufer, die sich kaum verständlich machen können, aber genau wissen, was sie wollen.

Anrufer: »Hallo. Viel Frau, genug?«

Ich: »Was meinen Sie mit wie viel Frau?«

Anrufer: »Drei vier, hübsch, hässlich oder wie alte Kuh?«

Ich: »Ich verstehe nicht ...?!«

Anrufer: »Anna, Kathy, alte Kuh? Wer da?«

Ich: »Das kann ich nicht sagen, ich sitze im Büro.«

Anrufer: »Wenn ich komm, machste mir gute Preis? Wenn hässlich Frau, Preis billiger? Letztes Mal zum Kotzen.«

Ich: »Wir sind hier nicht auf einem Basar.«

Anrufer: »100 Euro für alte Kuh zu viel. Geht an Bahnhof für die 20.«

Ich: »Du kriegst ja auch Essen und Trinken.«

Anrufer: »Scheiß was auf essen und trinken, ich ficken. Schön Frau, nicht alte Kuh.«

Und dann wissen sie plötzlich, wie in einer Vision, dass sie genau diesem Anrufer wenige Stunden später »in live« klar machen müssen, dass die schöne Frau im Swingerclub durchaus berechtigt ist »Nein« zu sagen.

Einmalig und unvergessen ist da hingegen der alte Herr, der leicht verwirrt war.

Anrufer: »Sippenstiel, Bauingenieur a. D., ich komme aus Wanne-Eickel.«

Ich: »Schön.«

Anrufer: »Ich hätte da gerne mal eine Frage.«

Ich wartete und ging geistig alle Möglichkeiten und Wahrscheinlichkeiten durch. Sippenstiel überraschte mich.

Anrufer: »Wenn ich jetzt zu ihnen komme. Können sie mir das auch alles erklären?«

Ich atmete auf, anscheinend war das hier doch ein ganz normaler Anrufer: »Ja, selbstverständlich.«

Anrufer: »Gibt es bei ihnen Duschen?«

Ich: »Aber sicher.«

Anrufer: »Einzel- oder Sammelduschen?«

Ich verwarf meine Hoffnung und atmete tief durch: »Sowohl als auch. Wir haben beides.«

Anrufer: »Und Duschgel? Haben Sie da ein Spezielles? Ich habe nämlich eine empfindliche Haut.«

Ich: »Wir haben verschiedene Sorten, auch ohne Parfümstoffe.«
Anrufer: »Schön. Und wie warm ist das Duschwasser?«

Ich: »Wollen Sie mich verarschen?«

Etwas pikiert legte Sippenstiel auf und auch ich war bedient. Ein Dusch-Fetischist! Das war mal was ganz Neues!

Doch am nächsten Tag wurde ich überrascht.

»Sippenstiel mein Name, Bauingenieur a. D., Wanne-Eickel, wir hatten gestern gesprochen. Ich habe mir jetzt doch überlegt, hier einmal vorstellig zu werden. Können Sie mir alles zeigen?«

Natürlich konnte ich!

Sippenstiel sah sich stundenlang das Bad an und die Duschen.

Jede Einzelne. Schließlich meinte er: »Ich weiß nicht, ob das für mich geeignet ist, ich habe eine leichte Neurodermitis und auch eine Schuppenflechte.« Er schwieg und fügte dann leise hinzu: »Und leichten Fußpilz.«

Na Prost Mahlzeit! – Doch unsere Duschgels sagten ihm dann doch zu und auch sein großer roter Bademantel passte. Die mitgeführten Luxus-Badelatschen machten einen soliden Eindruck und das präventive »Fusspilz-Ex« in Form einer überdimensionalen Sprühdose ließen den Herrn als »erträglich« erscheinen. - Er blieb!

Dass die Leute um ihn herum Sex hatten, hat ihn dann aber doch vollkommen irritiert. So hatte er sich das nicht gedacht. Schließlich war er doch der Meinung, er wäre in einem Duschclub, wo man halt duscht und duscht und herumliegt. Wellness speciale eben. Auch waren die freizügigen Outfits nicht nach Sippenstiels Geschmack und empört versuchten seine Augen den nackten Tatsachen zu entgehen.

Als eine ältere Dame schließlich beherzt in seinen mondänen Bademantel griff, um die Männlichkeit zu stimulieren, wurde es unserem Greis zu viel und es blieb ihm nur noch die Flucht zurück in die Realität.

»Die Leute machen hier sehr komische Dinge. Also das Essen war gut und die Getränke auch und das Ambiente. Aber diese Unsitte ... diese Unsitte.«

Als Sippenstiel ging, war es für immer. Er wird sicher in diesem Leben kein »Sammelduscher« mehr werden und reine »Duschclubs«, wo auch immer es solche geben mag, haben in Deutschland wohl einfach keine Tradition.

10. Der Kondom-Sammler

Wie jeden Donnerstag saß ich über der Buchführung, als die Müllabfuhr vorfuhr. Und wie jeden Donnerstag bemühte ich mich, den plötzlichen Lärm vor meinem Bürofenster zu ignorieren.

Doch dieses Mal half alles nichts. Es war Sommer, die Fenster standen offen und das Scheppern und Rollen der Tonnen und des Mülls war ohrenbetäubend. Wie von selbst glitt mein Blick nach Draußen. Zu den Müllmännern, den Tonnen und dem Wagen – und wieder zurück. Aber es benötigte noch zwei weitere Blicke, bis mir auffiel, was an dem Gesamtbild nicht stimmte: Einer der Männer wühlte – etwas abseits von seinen Arbeitskollegen – in einer unserer Tonnen herum.

»Armer Irrer«, murmelte ich und wandte mich wieder meinen Aufgaben zu, ohne ihn ganz aus den Augen zu lassen. Ich hatte schon einiges gesehen, aber einen Müllmann, der im Müll herumwühlte was bislang nicht dabei gewesen.

»Vielleicht hat er etwas verloren?«, schlug meine Kollegin vor, die meinen Blick richtig gedeutet hatte, und stellte einen Milchkaffee vor mich.

»Ja, vielleicht.« Ich zuckte mit den Schultern. »Danke, für den Kaffee.«

»Ist so, wie du ihn am liebsten hast: Mit Sahne und Zucker.«

»Mmmmh, Merci!« Ich nahm einen tiefen Schluck, genoss das Aroma und widmete mich wieder meiner Arbeit. So richtig interessierte mich der Abfall ohnehin nicht. Schließlich war es nur Müll. Man warf das Zeug ja nicht umsonst weg.

Eine Woche später war ich deutlich interessierter.

Ein Mann, der einmal in unserem Müll wühlte, mochte ein Zufall sein, ein Mann, der zweimal in unserem Müll wühlte sicherlich nicht. Leider konnte ich von meinem Platz aus nicht erkennen, nach was er suchte, oder ob er fündig wurde. Und als ich mich schließlich dazu entschloss, nach unten zu gehen, und zu fragen, hatte sich der Wagen bereits wieder in Bewegung gesetzt und war um die nächste Ecke verschwunden.

Blieb nur noch eine Wette mit der Kollegin bei einer schönen Tasse Milchkaffee.

»Entschuldigung?« Der Müllmann schreckte über unserer Tonne zusammen, als ich ihn ansprach. »Ich bin neugierig und habe mich gefragt, nach was Sie in unserem Müll suchen?«

Der Mann lief rot an, was ein prekärer Kontrast zu seiner Warnweste war. »Nun … äh … ja … ich … für einen Freund …«, stotterte er.

»Nun mal Butter bei die Fische, Junge. Ich arbeite in einem Swingerclub, womit willst du mich noch schocken?«

Der Mann warf seinen Kollegen einen Blick zu, doch die beiden anderen arbeiteten unverdrossen weiter. »Ich bin von jemandem angesprochen worden und für den sammele ich einmal die Woche ein paar Dinge aus eurem Müll.«

»Was für Dinge?«

»Volle Kondome.«

»Wieso habe ich auch gefragt?«

»Der sammelt von allen Clubs in der Umgebung die vollen Kondome. Mir zahlt er einen Kilopreis für die hier.«

Ich begutachtete die Anzahl bunter Gummis, die der Müllmann in seinem Handschuh gesammelt hatte. Sie waren sorgfältig zugeknotet – so sorgfältig, dass ich annehmen musste, dass er selbst nachträglich Hand angelegt hatte.

»Was macht er mit den vollen Kondomen?«

»Er friert die ein und macht sich jeden Morgen einen Blubb in den Kaffee. Oder er macht Pudding mit Ei-Schnee … paßt ja irgendwie! –

Mir auch egal!« Der Müllmann zuckte mit den Schultern. Offensichtlich war es ihm wirklich vollkommen egal. Hauptsache es war nicht sein Fetisch und die Kohle stimmte.

Vor meinem geistigen Auge sah ich eine Gestalt, die in einer Küche allerlei lustige Gerichte mit Ejakulat verfeinerte. Sauce Pervers statt Sauce Bernaise, Pommes mit Boy-Mayo. Creme fraiche ist out, es lebe Creme des hommes … nicht gerade »fraiche«, sondern eher »infektiös«.

Ich nickte und zuckte ebenfalls mit den Schultern. Meine Neugierde war jedenfalls zur Genüge befriedigt und mein zuvor vorhandener Appetit hatte sich deutlich gelegt.

»Einen schönen Tag noch«, wünschte ich dem Müllmann mit dem seltsamen Nebenverdienst, bevor ich kopfschüttelnd den Club betrat.

»Und?«, erkundigte sich meine Kollegin wissbegierig.

»Lass es mich so formulieren: Ab sofort trinke ich meinen Kaffee schwarz. Ausschließlich schwarz. Und Pudding mit Ei-Schnee ist auch absolut gestrichen!«

11. Der defekte Vibrator ... Stories aus dem Shop

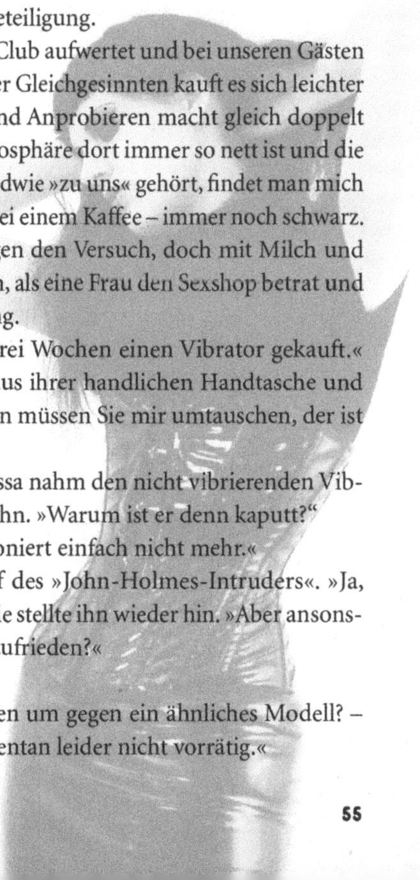

In unserem Club gibt es einen kleinen, feinen, abgeteilten Laden. Dort verkauft eine selbständige Geschäftsfrau Erotikartikel, Dessous und sonstigen sinnlichen Schnick-Schnack. Als Miete für den Raum bekommen wir eine Umsatzbeteiligung.

Ein fairer Deal, der unseren Club aufwertet und bei unseren Gästen auf regen Zuspruch stößt. Unter Gleichgesinnten kauft es sich leichter und auch das Ausprobieren und Anprobieren macht gleich doppelt so viel Spaß. Und weil die Atmosphäre dort immer so nett ist und die Besitzerin Melissa ja auch irgendwie »zu uns« gehört, findet man mich auch ab und zu in dem Laden bei einem Kaffee – immer noch schwarz.

Ich wehrte mich gerade gegen den Versuch, doch mit Milch und Zucker bombardiert zu werden, als eine Frau den Sexshop betrat und zielsicher zu der Besitzerin ging.

»Hallo. Ich habe hier vor drei Wochen einen Vibrator gekauft.« Sie holte das besagte Objekt aus ihrer handlichen Handtasche und stellte ihn auf den Tresen. »Den müssen Sie mir umtauschen, der ist schon kaputt.«

»Oh, das tut mir leid.« Melissa nahm den nicht vibrierenden Vibrator in die Hand und prüfte ihn. »Warum ist er denn kaputt?"

»Keine Ahnung. Der funktioniert einfach nicht mehr.«

Melissa drückte den Knopf des »John-Holmes-Intruders«. »Ja, stimmt. Funktioniert nicht.« Sie stellte ihn wieder hin. »Aber ansonsten waren Sie mit dem Gerät zufrieden?«

»Ja, schon.«

»Dann tausche ich Ihnen den um gegen ein ähnliches Modell? – Den »Holmes« habe ich momentan leider nicht vorrätig.«

»Mmmhh…«, ganz glücklich wirkte die Kundin nicht bei der Lösung. »Ich hab den doch erst seit drei Wochen. Der passt genau … Warum funktioniert der denn nicht mehr?«

»Keine Ahnung. Vielleicht ist beim Gebrauch etwas an der Mechanik kaputt gegangen?!«, schlug Melissa vor.

»Aber ich hab den nur ganz normal benutzt. Nicht wild oder so. Und nicht anal oder so.«

»Haben Sie mal eine neue Batterie rein getan?«, schlug ich belustigt von der Seite vor und erntete einen bösen Blick von Melissa. Batterien waren doch nun wirklich die zu allererst abgeklärte Sache!

Doch die schockierte Frage der Kundin »Wie? Batterie? Was für eine Batterie?«, belehrte Melissa eines Besseren.

12. »Die Mädels kommen gleich«

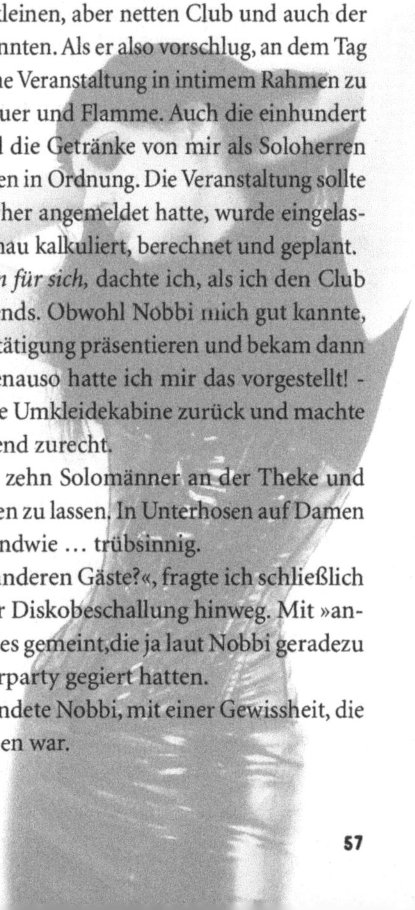

Ein Silvester, ohne arbeiten zu müssen ist prima. Ein Silvester, ohne arbeiten zu müssen trotzdem in einem Swingerclub zu feiern, genial.

Schließlich kannte ich den kleinen, aber netten Club und auch der Besitzer zählte zu meinen Bekannten. Als er also vorschlug, an dem Tag der Tage auf zu machen und eine Veranstaltung in intimem Rahmen zu organisieren, war ich sofort Feuer und Flamme. Auch die einhundert Euro, die er für das Essen und die Getränke von mir als Soloherren haben wollte, waren vollkommen in Ordnung. Die Veranstaltung sollte exklusiv sein, nur wer sich vorher angemeldet hatte, wurde eingelassen. Der Clubbesitzer hatte genau kalkuliert, berechnet und geplant.

Die Dekoration spricht schon für sich, dachte ich, als ich den Club betrat. Als erster Gast des Abends. Obwohl Nobbi mich gut kannte, musste ich meine Anmeldebestätigung präsentieren und bekam dann einen ersten Sekt gereicht. Genauso hatte ich mir das vorgestellt! - Gut gelaunt zog ich mich in die Umkleidekabine zurück und machte mich für einen sinnlichen Abend zurecht.

Zwei Stunden später saßen zehn Solomänner an der Theke und versuchten sich nichts anmerken zu lassen. In Unterhosen auf Damen und Paare zu warten, war irgendwie … trübsinnig.

»Wann kommen denn die anderen Gäste?«, fragte ich schließlich über den infernalen Lärm der Diskobeschallung hinweg. Mit »anders« hatte ich Paare und Ladies gemeint,die ja laut Nobbi geradezu nach der besonderen Silvesterparty gegiert hatten.

»Die kommen noch«, verkündete Nobbi, mit einer Gewissheit, die mir längst abhanden gekommen war.

»Wann?«

»Irgendwann.« Er schüttete mir einen neuen Schnaps ein. »Ich denke das schlechte Wetter hat sie aufgehalten.«

Tatsächlich wehte draußen nicht einmal ein laues Lüftchen, geschweige denn, dass schlechtes Wetter herrschte.

Eine Stunde später kam das Essen. Es war okay – für den Preis. Inzwischen war ich auch halbwegs betrunken, was den halbnackten Zustand der anderen »Nur-Männer« erträglich machte. Außerdem hatte man sich so immerhin irgendetwas zu erzählen. Die Abendphilosophie erstreckte sich über das Bierbrau-Verfahren bis hin zu verschiedenen Whiskeysorten und ging schließlich nahtlos in eine »Besser Essen« und Politik-Diskussion über.

Doch eine weitere Stunde später, als mein Nachbar langsam aber sicher vom Hocker nach unten und halb unter die Theke rutschte, wurde ich doch wieder skeptisch. Und das, obwohl die meisten Männer immer noch frohen Mutes waren und immer mal wieder auf die Tür oder die Uhr sahen und auf »die Mädels anstießen«.

Unauffällig nahm ich Nobbi beiseite. »Du sach mal Nobbi? Wie viele Mädels und Paare haben sich denn bei dir für heute Abend angemeldet?«

»Angemeldet?«

»Nobbi?!«

»Es haben sich nur Männer angemeldet. Aber die Paare und Mädels melden sich nie an! Ich fasste mir an den Kopf. »Oh nein …?«

»Die kommen bestimmt gleich. Ich habe allen erzählt, dass hier heute Abend eine Super-Party läuft«, behauptete Nobbi. Doch selbst seine Stimme strafte ihn Lüge. Er wusste genau, was lief. Es hatten sich nur Kerle angemeldet. Und ihm war das nicht einmal peinlich. Und ich?

Ich feierte für teuer Geld Silvester in einem Swingerclub ohne eine einzige anwesende Frau oder auch nur ein Paar!

Leider kann ich nicht behaupten, dass dieses Event eine Ausnahme gewesen ist. So etwas kann in den besten Kreisen und angesagtesten und seriösesten Clubs passieren. Allerdings dann ohne Absicht.

Eines schönen Wintertages war es sogar bei uns im Club soweit. Wir hatten ein Pornoshow/Gangbang-Team aus Belgien angeheuert. Doch das Wetter war mehr als mies, der Schnee fiel seit Stunden, die Straßen nahezu unpassierbar und selbst die Autobahnen waren dank Blitzeis kaum befahrbar. Genau diese Wettersituation spiegelte sich in unserem Club wieder. Es war menschenleer. Nur einige der Angestellten hatten ihren Weg zu uns gefunden – die, die nahe wohnten, waren da.

Keine Gäste, kein Durchkommen und kein Ende in Sicht.

Als logische Schlussfolgerung blieb nur eines zu tun: Unseren gebuchten belgischen Gangbang-Damen absagen und ihnen wenigstens den Weg zu uns ersparen – und uns die Kosten. Gesagt, getan!

Eine Stunde später wendete sich das Blatt. Für uns alle vollkommen unerwartet. Dutzende Männer hatten sich nach und nach über schneebedeckte Pisten zu uns gekämpft, weil die Aussicht die belgischen Top-Stars der Branche zu besteigen scheinbar über die Vernunft gesiegt hatte. Auf einmal saßen um die vierzig Leute an der Theke und warteten auf ihre heißen Pornostars.

»Bin gleich wieder da«, flüsterte mir mein Chef zu und verzog sich mit dem Firmenhandy in die Geschäftsräume.

Als er wieder kam, verkündete er in die Thekenrunde: »Die Mädels haben angerufen. Es wird wegen des Wetters eine Stunde später.«

Die Männer murrten, schluckten aber die Nachricht.

»Wie gut, dass es trotz des Wetters noch klappt«, lobte ich meinen Chef bei einem schwarzen Kaffee. Er verdrehte die Augen. »Ne, gleich werden die einen Unfall haben und ihr Auto wird kaputt sein.«

»Oh Scheiße.« JETZT kapierte ich auch endlich.

»Hab sie nicht mehr erreicht. Nach der Absage haben die sich für eine andere Abendgestaltung entschieden.« Mein Chef zuckte nonchalant mit den Schultern als spiele diese Tatsache nur eine klitzekleine Hintergrundrolle.

»Und jetzt? Wenn die gar nicht kommen?«

»Höhere Gewalt. Ein Unglück Die Leute haben doch schon bezahlt. Was wollen sie machen?« Mein Chef nahm einen Schluck von seinem Milchkaffee.

Zunächst einmal war es meine undankbare Aufgabe die lüsternen Herren am Tresen über den in Wirklichkeit nicht existenten Unfall auf der belgischen Autobahn in Kenntnis zu setzen. Blumig schilderte ich das Abkommen von der Fahrbahn und den Einschlag am Böschungsrand. Zum Glück keine Verletzten!

Miese Stimmung ist das eine, eine sich ankündigende Eskalation die andere. Die Herren, teils von südländischem Gemüt, hatten schlicht und ergreifend die Beutel voll, mehr als voll, und konnten mit meinen lustigen Geschichten recht wenig anfangen. Immer wieder wurde nach dem Chef verlangt, der sich nun in seine Privatgemächer verzogen hatte. Strategie, Voraussicht, Erfahrung im Geschäft? – So kamen wir heute einfach nicht aus der Nummer, zumal ein unvorsichtiger Matten-Wart in einem Anfall von Wahnsinn am Tresen von einer »Absage unsererseits« gesprochen hatte.

Nun einen kollektiven Wichs-Kreis zu improvisieren oder aber mit Homo-Filmen zum Bi-Sex anzuregen, erschien eher gefährlich als hilfreich und ich hatte den Schweiß in den Schuhen. Der Don mußte es richten!

»Die Sache eskaliert!«, berichtete ich in des Chefs Privat-Bodoir, »wir müssen uns was einfallen lassen. Jetzt – Sofort! ... Was ist mit einem Entschädigungs-Gutschein?«

»Gutschein klingt gut.« Er nippte an einem Whiskey.

»Gutschein für einen rabattierten Eintritt«, korrigierte ich, mit den Gedanken bei unseren Zahlen und Umsätzen.

»Noch besser! – Bloß nicht zu viel ... 20 € ... was können wir dafür?«

Mein Chef nickte bestimmend. Auch wenn er genau wusste, wie es gelaufen war, begann er beim Gedanken an Geld alle Hemmungen abzulegen.

»Sie verlieren ihn eh bis zum nächsten Mal«, meinte ich.

»Und das ist ehrlich gesagt das beste daran.« Er strahlte mich an. Ich strahlte zurück. »Und es kostet uns nichts. Fast nichts. «

Natürlich waren die Gäste mit dieser Lösung nicht hundertprozentig glücklich. Aber es war ein »faires« Entgegenkommen und tatsächlich nutzen 50% der Vertrösteten doch den Gutschein. Ein Umstand, der uns nur recht war. Bewies er doch, dass wir keine Stammgäste vergrault hatten und unsere Entscheidung nicht ganz schlecht gewesen war.

Manchmal muss man eben »investieren«, um Situationen – besonders falsch eingeschätzte Situationen – für den Gast doch noch befriedigend zu gestalten. Manche Clubbesitzer haben in der Hinsicht richtig einen an der Waffel. Die nehmen die Kohle ohne Rücksicht auf Verluste, verärgern die Kunden und wundern sich, wenn die nicht mehr wiederkommen. Zu denen gehörten wir zum Glück nicht.

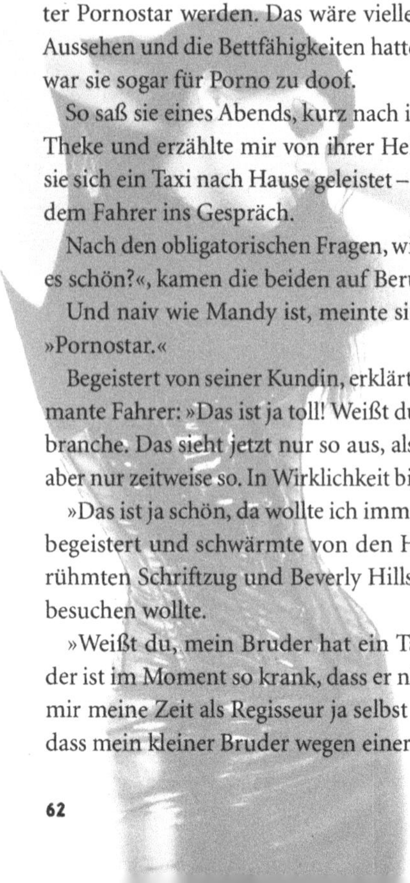

13. Mandy … Hollywood und AIDS

Mandy, die Freundin von meinem Chef – ja, genau: die mit den komischen Freunden und den noch seltsameren Bekannten – hatte seit jeher nur einen einzigen Berufswunsch: Sie wollte ein berühmter Pornostar werden. Das wäre vielleicht sogar was geworden, das Aussehen und die Bettfähigkeiten hatte Mandy auf jeden Fall – leider war sie sogar für Porno zu doof.

So saß sie eines Abends, kurz nach ihrem Urlaub auf Malle an der Theke und erzählte mir von ihrer Heimfahrt. Vom Flughafen hatte sie sich ein Taxi nach Hause geleistet – und wie das so ist, kam sie mit dem Fahrer ins Gespräch.

Nach den obligatorischen Fragen, wie »Wo waren Sie denn?«, »War es schön?«, kamen die beiden auf Berufe zu sprechen.

Und naiv wie Mandy ist, meinte sie zum Taxifahrer voller Stolz: »Pornostar.«

Begeistert von seiner Kundin, erklärte ihr der freundliche und charmante Fahrer: »Das ist ja toll! Weißt du, ich bin ja auch aus der Filmbranche. Das sieht jetzt nur so aus, als wenn ich Taxifahrer wäre, ist aber nur zeitweise so. In Wirklichkeit bin ich Regisseur in Hollywood.«

»Das ist ja schön, da wollte ich immer schon mal hin.« Mandy war begeistert und schwärmte von den Hollywood Hills, dem weltberühmten Schriftzug und Beverly Hills. Alles Orte, die sie unbedingt besuchen wollte.

»Weißt du, mein Bruder hat ein Taxiunternehmen hier … aber der ist im Moment so krank, dass er nicht arbeiten kann. Und da ich mir meine Zeit als Regisseur ja selbst einteilen kann und nicht will, dass mein kleiner Bruder wegen einer doofen Krankheit mit seinem ganzen Unternehmen pleite geht, bin ich eben wieder von Hollywood zurückgekommen, um für ihn einzuspringen und neben dem Bürojob und der Koordination der Angestellten eben auch mal Taxi zu fahren.«

»Das ist ja supernett von dir.« Mandy war begeistert. Ein Regisseur. Aus Hollywood. Ein Bruder. Eine Rettungsmission. Himmlisch. Wie romantisch.

»Weißt du was, ich wollte auch schon immer mal etwas mehr in Richtung Porno drehen. – Das boomt!«

»Ehrlich?«

»Ja, was für ein Zufall, oder?« Der charmante Taxifahrer warf ihr einen Blick zu. »Da muss ich erst wieder nach Deutschland zurückkommen, um jemanden zu finden, der auf mein Filmprofil passen würde ...«

»Du meinst ...?«

»Dich, genau!«

Mandy schwieg, ganz überwältigt davon, wie sich ihre Karrierechancen plötzlich entwickelten.

»Wahnsinn!«, meinte sie schließlich.

»Weißt du, ich kenne ja Gott und die Welt und kann dich in Hollywood groß rausbringen.«

Das war für Mandy mehr als ein Signal schlechthin, diese Worte waren die Offenbarung, auf die sie gehofft hatte, ein Zeichen, dem sie nicht widerstehen konnte ...

Als der Chef in den Club kam und mich mit Mandy am Tresen vorfand, war das Strahlen immer noch nicht ganz von ihrem Gesicht verschwunden.

»Warum hast Du so tolle Laune, Schatz?«, fragte der Chef

»Das errätst du nie!«, behauptete sie – und ich wußte sofort, das sie recht haben würde.

»Ich habe einen Regisseur aus Hollywood kennengelernt.«

»Auf Malle?«

»Nein. Der Taxifahrer, der mich grade im Wald gevögelt hat, ist ein berühmter Regisseur, du Depp. Aber der ist ja eigentlich gar kein Taxifahrer, sondern Regisseur in Hollywood.«

Cheffe starrte Mandy an. Zu sprachlos, um etwas zu dieser Geschichte zu sagen. Mir ging es ähnlich und selbst die Kolleginnen vom flotten Tresen, die eigentlich immer einen guten Spruch auf den Lippen haben, schwiegen betreten.

»Der, der dich grad gebracht hat?«, erkundigte sich mein Chef, nur einen Hauch Sarkasmus in der Stimme.

»Ja, genau der.«

»Das ist ja lustig. Warum fährt der denn Taxi?« Jetzt wurde der Sarkasmus deutlicher.

Doch ungerührt von unseren Minen und ohne auf den Tonfall ihres Freundes einzugehen, erzählte Mandy stolz ihre Geschichte – und noch heute behauptet sie steif und fest, einen Hollywood-Regisseur verführt zu haben. Einen, der sie irgendwann – wenn der Zeitpunkt richtig ist – groß herausbringen wird und der ihr zuvor seinen »Kleinen« mehrfach kräftig reingebracht hatte.

Zwei Monate später war Mandy übrigens der Meinung, sie hätte sich ganz bestimmt mit AIDS angesteckt. Schließlich hatte sie mit einem bekannten Regisseur aus Hollywood geschlafen. Und jeder Zeitschriftenleser weiß schließlich, wie es in Hollywood zugeht. Da geht jeder mit jedem und jeder jederzeit ins Bett. Und das ganz ohne Gummi. Leider genauso ohne Gummi, wie Mandy!

Der Gedanke ließ sie einfach nicht mehr los. So wunderte es mich nicht, dass sie wenig später zu mir kam. Und dann wunderte ich mich doch.

»Können wir mal irgendwo hinfahren?«, fragte sie.

»Wohin?«

»Irgendwo in den Wald.«

»Wieso in den Wald?« Ich stand auf dem Schlauch. Ich hörte ihre Worte, aber sie ergaben keinen Sinn.

»Ist wichtig, wichtig, wichtig!«

Plötzlich hatte ich ein komisches Gefühl. Hatte Mandy doch endlich bemerkt, dass sie gelinkt worden war? Sann sie auf Rache? Hatte sie vielleicht sogar diesen seltsamen Möchtegern-Regisseur in den Wald bestellt, um mir ihren Glauben »in persona« zu präsentieren?

Relativ still fuhren wir fünfzehn Minuten nach ihren kurzen, knappen Anweisungen. Bis sie mich an die Stelle im Wald dirigiert hatte »an der sie es mit dem Hollywood-Menschen getrieben hatte«.

»Und?« Ich drehte den Schlüssel im Zündschloss um und machte den Motor aus.

»Lass uns ein paar Schritte gehen.«

Bevor ich antworten konnte, war Mandy ausgestiegen. An der frischen Luft atmete sie ein paar Mal tief ein und aus, dann schritt sie entschlossen den schmalen Waldweg entlang.

»Ist heute nicht ein herrlicher Tag?«, erkundigte sie sich.

»Ja, schon«, meinte ich, »aber was machen wir hier?«

Endlich zog sie den Grund ihrer Waldspazierfahrt aus der Tasche und reichte ihn mir. Einen Brief.

»Das ist das Ergebnis von dem Test, dem AIDS-Test«, erklärte sie.

»Mach ihn doch auf!«

»Habe ich schon.« Sie klang geknickt und zu Tode betrübt. Trotzdem fragte ich: »Und?«

»Ich habe ihn auch gelesen.«

»Und?« Am liebsten hätte ich sie geschüttelt, um schneller an die Information zu gelangen.

»Jetzt ist mein Leben vorbei.«

»Wieso?«, fragte ich, öffnete aber zeitgleich den Brief und entfaltete das Dokumente.

»Das Ergebnis ist negativ.«

»Im vorliegenden Fall ist das dann zum Glück positiv«, meinte ich, überflog aber, nur um auf Nummer Sicher zu gehen, die offiziellen Zeilen. Und dort stand es, schwarz auf weiß: negativ.

»Wie jetzt? Das verstehe ich nicht.« Mandy starrte mich an. Immer noch mit diesem traurigen Blick. »Wenn da steht *negativ*, dann ist das doch negativ für mich. Ich habe mir nämlich fest vorgenommen, mir deswegen gleich das Leben zu nehmen.«

»Nein, du Dummerchen. Wenn der Test negativ ist, dann bedeutet das, dass du NICHT positiv bist.«

»Häh?«

»Du hast kein Aids!«

»Wirklich nicht?«

»Wirklich nicht!« Ich nahm sie in den Arm. Gott weiß, welche Rolle sie für sich und mich in diesem Wald heute noch geplant hatte. Und Gott sei Dank hatte sie nicht einen der anderen mitgenommen. Wahrscheinlich hätten sich sonst beide wegen des *negativs* umgebracht.

»Weißt du, eigentlich wollte ich mich schon umbringen, als ich den Brief zum ersten Mal gelesen hatte.«

»Warum hast du nicht?«

»Naja, jeder kann sich doch mal irren. Deswegen dachte ich, ich frage erst noch einmal dich.«

»Genau, nicht verzagen, Howard fragen!«

»Das habe ich mir auch gedacht.« Sie erwiderte den Drücker und ich wollte lieber nicht nachfragen und wissen, was sie außer des Briefes in ihrer riesengroßen Tasche in den Wald mitgenommen hatte.

14. Die polnische Fetisch-Unterhose

»Warum gehst du denn nicht ans Telefon?«, erkundigte ich mich. Raschen Schrittes war ich um die Ecke gebogen, um noch rechtzeitig den Anrufer zu erwischen – nur um festzustellen, dass mein Chef bereits an meinem Schreibtisch saß und den Hörer anstarrte.

Erst nachdem das Klingeln verstummte, sah mein Chef zu mir. »Weil ich die Nummer gesehen habe«, lautete seine lapidare wie einleuchtende Antwort.

»Verehrerin? Möchtegern-Freundin? Oder eine Ex?«, riet ich neugierig.

»Nein, nein und wieder nein.« Mein Chef lachte übers ganze Gesicht. Konnte also nicht so schlimm sein – also der Anrufer.

»Britta, Tommy, Thilo …?«

»… kommst du nie drauf!«

Ich zog eine Schnute, aber das funktionierte nur bei Frauen – reizenden Frauen. Nicht bei mir.

»Du errätst nicht einmal, um was es ging?«

»Privates?«

»Jaein.«

»Sehr präzise«, kommentierte ich, ließ mich aber nicht abschrecken. »Hat es etwas mit Sex zu tun.«

»Jep.«

»Mit dem Club?«

»Indirekt.«

»Indirekt?« Ich konnte spüren, wie sich auf meiner Stirn Falten bildeten.

»Gibt es hier ein Echo?«

Ich dachte nach. »Mit der Clubwebseite.«

»Ja. Wärmer.«

»Ein Pole hat angerufen, weil er etwas auf unserer Clubwebseite gesehen oder gelesen hat?«

Mein Chef sah mich mit großen Augen an. Schließlich bekam er seinen Mund wieder zu und fragte (ein wenig ehrfürchtig): »Woher weißt du DAS denn?«

»Ich habe geschummelt und die Nummer auf dem Display gesehen – ist eine polnische Vorwahl.«

»Will ich wissen, wieso du die Vorwahl von Polen weißt?«

»Nein.«

Ich setzte mich – zur Abwechslung einmal VOR meinen Schreibtisch und wartete auf die Geschichte.

»Seit zwei Wochen ruft ein Typ aus Polen an, der mich auf einem Partybild im Internet gesehen hat. Er findet meine Lederunterhose so toll, dass er sie unbedingt haben will.«

»Warum hast du ihm nicht gesagt, wo er sie herbekommen kann – Katalog, Shop oder so?«

»Weil sie extra für mich angefertigt worden ist ...« Er schwieg einen bedeutungsvollen Moment lang. »... und weil er MEINE Unterhose haben will – ungewaschen.«

»Ihhhks.«

»Muss an meiner überwältigenden Ausstrahlung liegen.«

»Bestimmt!« Ich grinste. Vielleicht könnte man da ja noch einen lukrativen Nebenerwerb aufmachen – so wie mit der Telefonhotline. Nur dieses Mal mit meinem Chef als Hauptakteuer. »Wie viel bietet er?«

»Nichts. Er will mir im Gegenzug seine schmutzige polnische Unterhose schicken.«

Jetzt konnte ich nicht mehr. Ich prustete haltlos los und bekam mich erst wieder ein, als mein Chef sich nach vorne beugte und mir Kaffeesahne in meinen schwarzen Kaffee schüttete – nur um noch lauter zu lachen. Dieses Mal stimmte er ein.

Tatsächlich sah ich von nun an bevor ich den Hörer abnahm, auf das Display. Irgendwann würde der fanatische Unterhosen-Liebhaber schon aufgeben. Aber nein, alle zwei Tage rief er unverdrossen an. Dreimal, alle paar Stunden. Ein bisschen, als würde das Schweigen am anderen Ende der Leitung ihn noch zusätzlich anspornen.

Nach vier Wochen war es ein anderes Klingeln, was mich aufschreckte. Aber es passte ins Schema. Zwei Tage waren seit dem Anruf um und auch die Zeit passte. Mit einem flauen Gefühl im Magen machte ich mich auf den Weg nach unten. Wer auch immer dort unten vor unserer Swingerclubtür stand, hatte ein verdammt mieses Timing.

»Hei, Howard!«, grüßte der Postbote und reichte mir ein Päckchen. »Du musst leider unterschreiben, sonst hätte ich dich deiner Arbeit überlassen.«

»Sehr aufmerksam!«, behauptete ich und quittierte den Empfang.

Wieder in meinem Büro angelangt, öffnete ich das kleine Päckchen. Schließlich stand kein bestimmter Empfänger im Adressfeld, sondern schlichtweg der Clubname und die Adresse. Ein Absender aus Polen: Olek Masoschinski, Katowice. Der Pole! Im Inneren offenbarte sich schließlich, wem das Geschenk galt: Meinem Chef.

Gott sei Dank, war der mit seiner Freundin auf Malle und konnte die gebrauchte muffige schwarze Leder-Unterhose – eigentlich eine sehr schöne Hose – nicht augenblicklich ausprobieren. Die Größe könnte passen, doch beim Geruch mußte ich deutliche Abstriche machen. Die Sau hatte deutliche Spuren im inneren Leder hinterlassen und Ribonukleinsäuren haben nun einmal die Angewohnheit bei Kontakt mit Luft zu reagieren, sprich extrem fischig zu stinken! – Jeder Blinde hätte »Hallo Mädels« gerufen, mir war allerdings einmal mehr der Appetit vergangen. Kurz war ich versucht, ein Foto zu machen und ihm den unerfreulichen Anblick in den Urlaub zu schicken.

»Ach, verdammt«, meinte ich und zückte mein Handy. Dafür gab es diese Multifunktions-Telefon-Computer ja. Sekunden später war die Übertragung erfolgreich abgeschlossen.

Doch außer einer dummen Bemerkung von der sonnigen Insel (»Wehe, du schickst ihm meine Unterhose!«) blieb es ruhig im Club. Keine neuen Anrufe, keine neuen (oder alten) Unterhosen.

Erst zwei Tage später kam der Anruf aus Polen. Ob denn die Hose angekommen wäre. Schließlich sollte sie ein Geschenk sein und müsste deswegen pünktlich zum Geburtstag da sein.

Fand ich sehr nett – und sehr aufmerksam.

Ich hörte mir das gebrochene, freundliche Deutsch an, bedankte mich im Namen des Clubs höflich, machte an den richtigen Stelle »mmmh« und legte schließlich mit einem diabolischen Grinsen auf.

Als mein Chef wieder im kalten Deutschland eintrudelte, wartete ein neuer Brief aus Polen. Dieses Mal war er exakt adressiert und ließ keinen Zweifel über den Empfänger aufkommen.

»Was'n das?«

»Wonach sieht es denn aus?«, konterte ich.

»Du hast ihm NICHT meine Unterhose geschickt!«

»Nein, habe ich nicht«, bestätigte ich und sah zu, wie mein Chef den Brief aufschlitzte. »Ich habe ihm eine andere geschickt – eine von denen, die im Club liegengeblieben sind.«

Mein Chef starrte mich an, als hätte er eben Kaffeesahne getrunken, enthielt sich dann aber doch jeder weiteren Bemerkung. Zumindest, bis er die Urkunde aus dem Umschlag holte.

»Hol mich der Teufel!«, meinte er und setzte sich auf meinen Besucherstuhl. »Kein schlechter Tausch: Das ist eine polnische Notar-Urkunde mit einer Übersetzungspostille. Irgend ein Olek hat mir eine Wiese in Katowice überschrieben.«

Und so kam mein Chef von einer alten Fetisch-Unterhose zu einem völlig wertlosen Grundstück in Polen – da soll mal einer etwas sagen. Seltsam, aber wahr.

15. Tommy ... Der Klosett-Spüler

Im Club ging alles seinen normalen, geregelten Gang. Einige Tage lang fühlte es sich tatsächlich wie ein ganz normaler Job an. Es kamen die üblichen Verdächtigen, tanzten, feierten und hatten Spaß auf den Matten.

Da fiel sogar der Familienvater, der sich selbst mit Poppers abgeschossen hatte, nicht weiter dramatisch auf. Ganz normal. Herzkreislaufversagen mit anschließender Reanimation in ihrem freundlichen Swingerclub. Immerhin hatte er damit nicht rumgewedelt, das hätte ich deutlich weniger lustig gefunden. Wenn man das verschüttet, hat der ganze Club etwas davon – manche müssen kotzen, andere können plötzlich besser poppen. Die Reaktion auf den penetranten Geruch sind sehr unterschiedlich, aber beide Varianten sind im Club Mist.

Besagter Herr hatte das Zeug aber »nur« für den Selbstgebrauch aus Holland eingeführt, was legal ist. Ob seine Frau das genauso sehen wird, ist fraglich. Schließlich mussten wir nach der erfolgreichen Reanimation einen Krankenwagen rufen (genaugenommen hatten wir ihn schon während unseres Lebensrettungsversuches) und das wird sicherlich schwer zu erklären sein.

»Wieso bist du umgekippt?«

»Weiß ich nicht.«

»Wo bist du umgekippt?«

Hüstel Das ist keine Diskussion für einen erfreulichen Krankenhausbesuch mit Kind und Kegel.

Das fand sogar Tommy. Der war es dann auch, der aus einem normalen Abend etwas Besonders machte. Als er zum dreißigsten Mal an mir vorüberging, traute ich mich endlich, ihn anzusprechen.

Ich erfuhr, dass er einmal Bestatter gewesen war, später in Frankfurt einige »Pferdchen am Laufen gehabt hatte«. Aber Hinkebein und Buckel (seine Kosenamen fürdie Mädels, nicht meine) waren selbst für Sonderpreise nicht zu vermitteln gewesen. Also hatte Tommy die beiden Frauen ganz für sich allein behalten und um ab und zu Ruhe vor ihnen zu haben, zog es ihn in den Swingerclub.

Trotzdem war mir nicht entgangen, dass seine Erektion immer größer wurde, je häufiger er seine Kreise in »meinem« Club drehte.

Als hätte er meine Gedanken gelesen, verabschiedete sich Tommy mit einem »Bis gleich« und drehte eine neue Runde. Wieder hörte ich die Toilette rauschen und wieder hetzte Tommy an mir vorbei.

»War schön?«, rief ich ihm hinterher.

»Einmal muss ich noch ...«, scholl es zurück und ich bog um die Ecke.

Sekunden später hielt er mit einem zufriedenen Grinsen an meiner Seite an.

»Wie oft machst du das mit dem spülen?«

»Fünfzig Mal. Sonntags sechzig Mal.«

»Mmmhh...«

»Lohnt sich, ist geil.«

»Mmm...«

»Echt jetzt!«

Ja, zumindest das, konnte jeder gut sehen, meine Gedanken aber nicht, deswegen sprach ich sie laut aus: »Du Tommy?«

»Ja?!« Er sah mich ängstlich an.

»Hättest du Lust, bei unserer nächsten Fetischparty den Klo-Onkel zu geben? Mit Toilettenpapier anreichen, Wasserhahn aufdrehen und Klobrille reinigen? An dem Tag wäre dann auch der Eintritt für dich kostenlos. Abspülen kannst Du natürlich so oft Du willst!«

Tommy strahlte mich an, als sei ich der Weihnachtsmann. Ich strahlte zurück. Manchmal war es wirklich sooo einfach, kompetente und motivierte Mitarbeiter für Themenabende zu finden.

16. Britta … ein Leben zwischen Herdplatte und Baum

Ich steuerte auf die beleibtere Frau, aka Sklavin, zu, die sich wieder einmal im Club eingefunden hatte. Da dieses Mal der Chef nicht da war, sah ich es als meine Pflicht an, sie zu bespaßen. Nein, nicht dergestalt. Bespaßen meinte eigentlich beaufsichtigen. Denn tatsächlich gibt es nicht nur SMler, die genau wissen, was sie tun … es gibt auch die anderen. Die auf die wirklich abgefahrenen Sachen stehen. Und da Britta sich zum Geburtstag Ohrfeigen gewünscht hatte, die sie zwei Plomben gekostet hatten – von dem verbrannten Arsch als SMS-Bild mal ganz zu schweigen – ahnte ich, dass sie zu dieser Sorte gehörte.

Und egal wie nett sie auf den ersten Blick auch schien, wenn man solche Leute im Club hat, muss man höllisch auf die aufpassen. Schließlich ist man IM Club mitverantwortlich für alles, was ihnen geschieht. Sprich: Wenn die nicht »Nein« sagen können, musste ich es für sie tun.

»Hei, Britta.«

»Oh, der Howard.« Sie prostete mir zu.

»Wie geht es dir?«

»Gut. Hatte in letzter Zeit viel Spaß.«

Ich konnte das Teufelchen in mir nicht mehr rechtzeitig stoppen, so dass es sagte: »Erzähl mal.«

»Oh, ich habe noch ein bisschen mit Hitze experimentiert.«

»Herdplatte?«, riet ich.

»Nein, mit heißen Bockwürstchen. Aber die sind dabei alle zerplatzt.« Sie gab mir keine Gelegenheit, mir die Situation bildlich vorzustellen (Danke!), sondern fuhr fort: »Und neulich habe ich mich auf einem Sexforum mit jemandem verabredet. Auf dem Friedhof. Der hat mich gewürgt bis zur Bewusstlosigkeit. Das war vielleicht geil!«

Jaaa.... genau das hatte ich eben gemeint. Harmlos, aber überwachungsbedürftig.

»Du hättest sterben können«, gab ich zu bedenken und hoffte auf einen Funken Verständnis.

»An irgendetwas stirbt jeder Mal.« Sie nahm einen Schluck von ihrem Bier. »Weißt du, mein schönster Tod wäre es von einem Bus überfahren zu werden.«

»Von einem Bus?«, fragte ich und kam mir selbst begriffsstutzig vor. Aber die plötzliche Vision, wie Britta aus unserem Club spazierte und sich direkt vor den Nachtexpress warf, der bei uns vorbeifuhr, wollte einfach nicht vor meinem inneren Auge verschwinden.

Und ehrlich? DAS wäre keine gute Werbung!

Man stelle sich mal vor: Die kommt aus unserem Club und schmeißt sich unter den Bus. Das wirft Fragen auf, da will dann keiner hören, dass hier nichts passiert ist und sie einfach generell einen Dachschaden hat ...

Kurz überlegte ich, Britta aus unserem Etablissement zu entfernen. Dann dachte ich an meinen Chef – und daran, dass man »auf Verdacht« niemanden rausschmeißen kann. Ein Dachschaden ist schließlich nichts Verbotenes. Steht auch nicht in unserer Hausordnung. Schade eigentlich.

Ihre Fragen, ob mir die SMS-Bildchen denn gefallen hätten, überhörte ich ebenso wie ihren Vorschlag mich am Tresen kurz einmal oral zu verwöhnen. Bei solch abgedrehten Damen muß man nämlich im Zweifelsfall damit rechnen, dass diese durch plötzliche Eingabe beißen und das kann man dann auch nur schwer erklären, ganz davon abgesehen, dass man(n) sich solches im Dienst nicht erlaubt.

So verbrachte ich einen eher unspektakulären Abend mit Britta. Begleitete sie zum Essen, staunte, dass sie nichts Alkoholisches mehr trank, überwachte sie (mehr oder weniger) heimlich, als sie mit einem Solomann auf die Matte ging und in Anbetracht der Bus-Sache fand ich es nur richtig, sie sogar bis zu ihrem Auto zu begleiten.

»Weißt du was, Howard? Du bist ein richtig netter Kerl. Ein echter

Gentlemen. Auch wenn Du mich nie fickst!«, meinte sie und tätschelte meine Wange, als ich ihre Anschnallung überwachte.

Für Sekunden hatte ich ein schlechtes Gewissen, aber nur kurz. Ficken ist nicht alles, Ficken ist sogar nichts, wenn einem die Beteiligten nicht zusagen, warum auch immer. Gefickt wird nur zu Hause!

Sekunden nachdem Britta losgefahren und halsbrecherisch beschleunigt hatte, hörte ich das Geräusch, ein sehr heftiges Geräusch.

»Scheiße!« Ich bog um die Ecke – und lief die Straße runter, Handy in der Hand.

Tatsächlich! Britta – oder besser gesagt ihr Auto – klebte am Baum. Sie hatte es nur bis zur zweiten Kurve geschafft.

Ich wählte den Notruf. Konnte ich immer noch mit »Ich war kurz draußen eine Rauchen, als ich das Geräusch gehört habe«, erklären. Mist! Mist! Mist!

Fluchend näherte ich mich dem roten Opel Corsa und versuchte mich als Ersthelfer. Britta hing zwischen Sitz und Airbag fest, das Autoradio lief noch, sie selbst war aber nicht bei Bewußtsein. Die Tür ging auf, aber es war geradezu unmöglich die massige Frau heraus zu ziehen. Puls ist da, Atmung auch. Das erste, was Britta murmelte, als sie im Beisein des zwischenzeitlich eingetroffenen Notarztes wieder zu Bewusstsein kam, war: »Nicht so gut wie der Bus, aber der Bums war schon recht gut. Ich glaube, meine Schulter ist gebrochen und der Kopf gegen das Lenkrad ... mmmmhhh ....«

Sie schnurrte fast. – Mir wurde in diesem Moment klar, dass Britta nicht etwa aus Versehen die Kurve verpasst hatte. Nein, sie war wohl ungebremst und mit voller Absicht gegen den Stamm gefahren, um eine neue SM-Erfahrung zu sammeln. Braucht man wirklich solche Irre um sich herum? – Mein Bedarf war jedenfalls gedeckt und ich hatte meine liebe Mühe, die Fragen der Polizeibeamten »neutral« zu beantworten.

Der Wagen hatte einen Totalschaden, ebenso die liebe Britta! Sie blieb fast 2 Monate lang im Krankenhaus. Als sie dort versuchte einen der Pfleger zu vergewaltigen, haben die Herren Doktoren den merkwürdigen Geisteszustand der Patientin dann doch bemerkt. Zwangseinweisung ins Sanatorium erfolgte ratzfatz und danach ist Britta nicht mehr zu uns gekommen ... was auch die schönen alten Bäume in unserer Strasse merklich freut.

17. Showprogramm »SM-Hasen« aus Finnland

Für einen speziellen SM-Abend hatte mein Chef bereits lange im Vorfeld eine spezielle SM-Truppe engagiert. Ganz exklusiv und aus Finnland.

Der Insidertipp stammte von einer alten guten Freundin und ihre Erzählungen hatten ihm die ganze Sache so schmackhaft gemacht, dass er die finnische Masochisten-Gruppe rund um eine elegante Superdomina nach einem kurzen Telefonat nach Deutschland holte. Das Motto des Abends sollte lauten: SM in anderen Ländern. Prima! Mein Chef fuhr ohne die besagte Freundin überraschend in den Urlaub, lies mir aber Instruktionen, Informationen und den Vertrag zurück. Inzwischen hatte sich die Truppe, deren Reiseführer und Eventmanager ich in Deutschland sein würde, gemeldet und mich darum gebeten, die nahegelegenen Sehenswürdigkeiten sehen zu dürfen. Auch ein Hasen-SM-Film war zur Ansicht an unsere Büro-Adresse per DVD geschickt worden.

Hätten der Chef oder ich frühzeitig in den Film hineingeschaut, hätten wir das wohl Geschmackloseste entdeckt, was wir je gesehen haben. Natürlich hat keiner reingesehen, so blieb mir die Überraschung bewahrt, als die Gruppe schließlich am Flughafen ankam. Sie sahen aus wie aus einem nachgemachten Pippi-Langstrumpf-Film mit kleinem Budget. Ein bisschen Pippi L., ein wenig Olsen-Bande, der Rest »Väter und Mütter der Klamotte«. Die Kleidung ungewöhnlich und die Feststellung, dass einige Mitglieder der Gruppe irgendwie … deformiert … aussahen. Dazu eine kleine elegante Domina und eine heissblütige vollbusige Amazone mit forderndem Gesichtsausdruck, den ich später noch intensiv kennenlernen sollte, aber das ist schon wieder eine andere Geschichte!

Rasch erfuhr ich, dass SM für alle Beteiligten kein Spiel ist, keine sinnliche Würze im Alltag – sondern das pure pralle Leben. Überlebensgroß. Der eine hatte sich einen Finger amputieren lassen, eines der Mädels (zumindest dachte ich zu dem Zeitpunkt noch, es wäre ein Mädel) besaß auf dem halben Kopf keine Haare mehr, weil die bei einer Bunsenbrenner-Show abgefackelt waren. Das ein weiterer freundlicher kleiner Herr humpelte, war dem Umstand zu verdanken, dass man ihm mit dem Auto über die Beine gefahren war und dabei dummerweise ein Kniegelenk erwischt hatte.

Als ich erwähnte, dass ich den Promo-Film noch nicht gesehen hatte, klärten sie mich noch umfassender auf: Sie hatten eine ihrer Aufführung gefilmt. Bei der hat sich einer von ihnen als relativ nackter Hoppelhase verkleidet und die anderen haben ihm Hanfseile so schnell über den Körper gezogen, dass es dampfte. Der Hase hatte anschließend schwere Verbrennungen und Abschürfungen.

Noch während ich mit Befürchtungen und anderen Gedanken kämpfte, verkündeten sie mir stolz, welche Super-Sonder-Attraktion sie für unseren Club geplant hatten: Die Hoppelhasen sollte dieses Mal nicht verbrannt, sondern gejagt werden. Mit einem grandiosen Finale, bei dem sie an die Wand gestellt – und dann mit der Schrotflinte beschossen werden sollten. Vogelschrot, feinkörnig. In der Discothek … vor vollem Haus. Dummerweise hatte man die finnische Flinte nicht durch den Zoll bekommen und suchte nun nach einem Waffengeschäft, um sich einen entsprechenden Schiessprügel auszuleihen.

Mein Mund antwortete, bevor mein Gehirn Gelegenheit hatte, aufzuholen.

Im Ergebnis starrte mich die Truppe drei Minuten lang schweigend und ein wenig traurig an. Sie konnten nämlich gar nicht verstehen, dass wir in Deutschland in einer öffentlichen Gaststätte keine Leute mit Schrot beschießen und das es sogar dann verboten ist, wenn besagte Leute es selbst wollen.

Aber von so ein bisschen Gesetzen wollten sich die munteren Finnen nicht den Spaß verderben lassen. Da war Kreativität gefragt!

Kurz darauf präsentierten sie mir stolz ihre neue Idee. Auf ihrer kleinen Shopping-Tour waren sie bei einem Baumarkt vorbeigekommen und hatten spontan eingekauft. Lötlampen, mit denen würden sich unsere Gäste in der Haut der Hoppelhasen verewigen können.

»Ihr wisst, dass die Dinger bis zu 400 Grad heiß werden?«, fragte ich.

Wussten sie.

Und waren ganz traurig, dass ich ihnen auch das verbot.

⊕

Als die Show begann, hatten wir uns auf ein kleines Programm, bzw. auf niemand wird verletzt »geeinigt«. Ich wollte gar nicht mehr wissen, was sie vorhatten. Hauptsache, sie erschossen oder verbrannten niemanden – ach ja, verstümmeln war ja auch verboten.

Und tatsächlich. Sie beschränkten sich darauf, den Hoppelhasen live auf der Bühne die Ohren anzutackern (nicht lustig) und den Zuschauern »nur« Ansteckohren zu verpassen. Die Amazone schwang die Pferdepeitsche und fegte die Hoppler mehrmals mit Schwung von den Füssen. Schwanensee einmal anders! Hüpfende, hoppelnde Menschen, die man dem Gespött überließ und die dabei das erotisierende Gefühl hatten ihre wichtige Mission zu erfüllen. SM?

Die Zuschauer fanden die Show genausowenig lustig, wie ich selbst, so dass es mir ohne große Überzeugungsarbeit gelang, eine Zugabe der Truppe zu verhindern und ihnen den Spaß an Shows »im verklemmten und spießigen Deutschland« zu verleiten.

Einzig die Amazone hatte Verständnis für meine klare Haltung und forderte mich im Laufe der Nacht zu einem privaten Duell heraus, das in ihrem Hotelzimmer enden sollte. Dort erwartete mich eine aufregende Lady, die mit ihren Reizen zu spielen wußte, die aber zum Thema »Blümchen-Sex« ebenfalls nichts beitragen konnte. Wild, animalisch: das war ihr Ding und darauf hätte ich mich durchaus einlassen können, wären da nicht die 2 demolierten Hasen gewesen, die unter dem Bett und in Kleiderschrank fixiert die Nacht mit uns genießen sollten. Das jämmerliche Bild irritierte mich mehr, als die

Lady, die nackt auf dem Bett lag, sich die leicht blutige Pferdepeitsche kräftig zwischen ihren geilen Schenkeln rieb und zudem zwei große bissige Metallklammern an ihren Nippeln befestigt hatte . Trotz der Aussicht auf einen möglicherweise grandiosen Fick nach meinem Geschmack, verabschiedete ich mich uncharmant und schnell durch die Hintertür.

Am nächsten Tag hieß es Abschied nehmen und als ich die Truppe glücklich im Flieger hatte, konnte ich erstmals seit Tagen wieder durchatmen.

Kurz darauf erfuhren wir, dass die seltsame SM-Truppe in Finnland bereits mehrfach verhaftet worden war. Aber damit nicht genug, kurz nach ihrer kurzen Stippvisite in unserem Club, kamen sie abermals in Presse und in die Verwahrung – nachdem sie einen zweiten Film gedreht hatten, in dem sie einen Hoppelhasen aus zehn Meter Höhe nackig in eine bewässerte Baugrube geworfen hatten. Damit hatten sie zwar einen Beweis erbracht, dass es tatsächlich Leute gibt, die bei SM mit ihrem oder anderer Leute Leben spielen, sich aber auch einen Dauer-Freifahrtschein für die Psychiatrie gelöst. Andere Länder, andere Sitten!

Und das Ende der Geschichte?

Seitdem schauen wir uns die Leute oder Gruppen, die bei uns als Showacts auftreten wollen, deutlich genauer an, als vorher. Promo-Filme haben halt doch dann und wann ihren Sinn!

18. Der WC-Sklave … spülen nicht erforderlich

Ansonsten lief die Woche recht gut. Tommy (unser WC-Fetischist und Mega-Spüler) kam an »seinem« SM-Abend ganz formell im Anzug und bezog sofort Position auf der Toilette. Nach einiger Überzeugungsarbeit sogar auf der richtigen, der Herrentoilette. Ich erklärte ihm, was ich von ihm erwartete, beschrieb seinen Job und zeigte ihm, wo Putzmittel und neues Papier zu finden war.

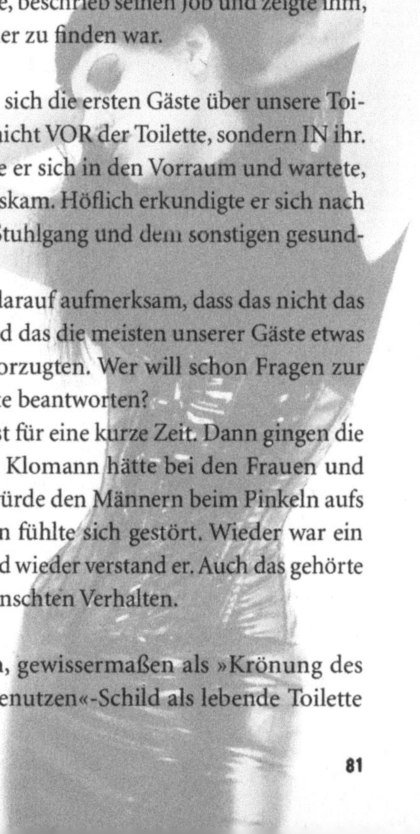

Kurze Zeit später beschwerten sich die ersten Gäste über unsere Toilette. Tatsächlich saß Tommy nicht VOR der Toilette, sondern IN ihr. Erst auf Aufforderung bewegte er sich in den Vorraum und wartete, bis der Besucher wieder herauskam. Höflich erkundigte er sich nach dem Urinier-Verhalten, dem Stuhlgang und dem sonstigen gesundheitlichen Befinden.

Freundlich machte ich ihn darauf aufmerksam, dass das nicht das erwünschtes Verhalten war und das die meisten unserer Gäste etwas eher … Unauffälliges … bevorzugten. Wer will schon Fragen zur Konstintenz seiner Exkremente beantworten?

Tommy verstand. Zumindest für eine kurze Zeit. Dann gingen die Beschwerden wieder los. Der Klomann hätte bei den Frauen und den Männern gespannt und würde den Männern beim Pinkeln aufs Würstchen starren. Kurz, man fühlte sich gestört. Wieder war ein Gespräch mit Tommy fällig und wieder verstand er. Auch das gehörte nicht zum Job oder zum erwünschten Verhalten.

Gut.

Gut, bis er sich schließlich, gewissermaßen als »Krönung des Abends«, mit einem »Bitte Benutzen«-Schild als lebende Toilette neben das Klo setzte und den Hals merklich weit aufriss. Was Menschen zu solchen Extremen antreibt, wird mir ewig verborgen bleiben. Ich könnte nen Psychiater fragen, habe da aber stets Angst, dass er mich einbehalten könnte. Was Tommy betrifft, denke ich folgendes: Wenn einer seine vermeintliche »Bestimmung« gefunden hat, gibt es mitunter kein Halten und keine Grenzen mehr.

In der Szene gibt es viele solcher Menschen – Sklaven: Putzsklaven, Fußlecksklaven, Massagesklaven, Arbeitssklaven. Sie laufen einem ständig hinterher; sie sind kostenlos, aber lästig, weil man sie beachten muss. Sprich: Sie schleichen ständig um dich herum, wenn du sie nicht permanent beschäftigst. Wer sich das geben kann oder will, braucht starke Nerven und auch jede Menge Humor, denn mit jedem Bus kommt ein neuer Wunderling gefahren. Nicht zu ernst nehmen, sonst leiden Gesinnung und Gemüt.

19. Gummi-Puppen-Leasing

Auf den Schreck mit Toiletten-Tommy, beschloss ich, mir einen Tag mit einem alten Freund zu gönnen. Leider war der nicht ganz so spontan abkömmlich wie ich, sodass ich ihn auf seiner Arbeit besuchen musste.

Hatte ich es erwähnt? Er ist selbständiger Pornokino-Besitzer.

Kurze Zeit später saß ich bei ihm und sah zu, wie ein netter, alter Herr ein Ticket für die nächste private Film-Vorführung in der Solo-Kabine löste.

»Wie immer?«

»Aber klar.« Der Alte zwinkerte mir zu, obwohl ich keine Ahnung hatte, was er meinte. Aber sein Lächeln war so ansteckend, dass ich nicht anders konnte, als es zu erwidern.

Mein Freund verschwand und kam kurze Zeit später aus dem Lager zurück. Mit einer Gummipuppe im Gepäck. Sah nicht einmal schlecht aus, für einen Haufen Plastik. Der Opa klemmte die Puppe unter den Arm, nestelte mit einer Hand an seinem Gürtel und verschwand flink in der großen Solo-Kabine mit Groß-Monitor.

»Du verleihst Gummipuppen?« Ich schüttelte mich bei der Vorstellung, das bisschen Plastik auch noch mit anderen Männern zu teilen. Von der Hygiene mal ganz zu schweigen.

»Nein, eigentlich nicht.«

»Und uneigentlich?«

»Uneigentlich ist das meine *Lisa*. Jeden Freitag leiht sich Opa Sunke *eine Frau* und macht mit ihr ein Riesenspektakel. Ich gebe ihm *Lisa*, wünsche ihm viel Spaß, mache sie hinterher sauber und verkaufe sie ihm einen Freitag später wieder.«

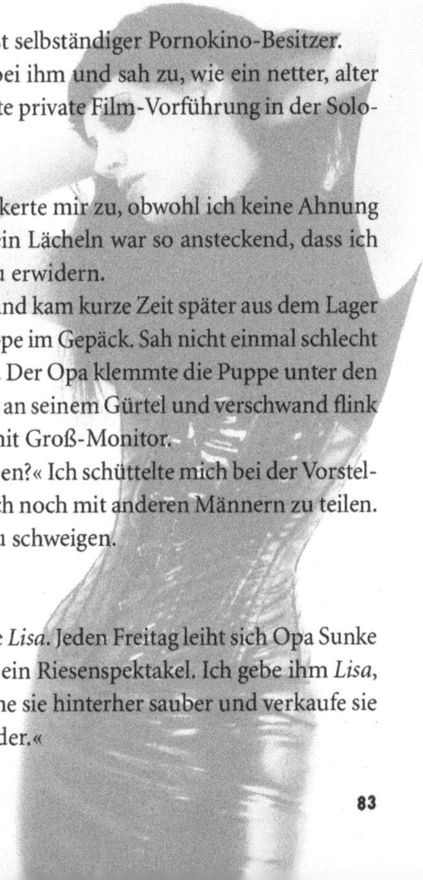

»Aber es ist doch immer dieselbe Puppe, die du ihm Woche für Woche verkaufst«

»Eben.«

»Aber das ist …«

»… total beknackt«, unterbrach mein Kumpel. »Ich habe den Preis für Lisa nach zwei Wochen wieder rausgehabt.«

Und Opa Sunke?

Kommt heute noch jeden Freitag zu seiner Lisa. Wie wild der alte Sack noch ist, konnte ich, fünf Meter neben der Solo-Kabine beim Kaffee sitzend, durchaus vernehmen. Das war kein Sex, das klang regelrecht nach Krieg und den kann man gegen dickwandiges PVC einfach nicht gewinnen!

20. Fetische …
was es da so alles gibt!!!

Es gibt harmlose Fetische, »normale«, ungewöhnliche, ekelige, ungesunde … so gut wie alles kann ein Fetisch werden und so gut wie alles kann man – im Laufe der Zeit – in einem Swingerclub erleben.

Lack- und Lederfetische mit entsprechenden Outfits gibt es wie Sand am Meer.

Seltener ist eine Objektfixierung (Das Wort »Objektophil« kennen die meisten wahrscheinlich nur aus einer Folge »Boston Legal«, gibt es aber tatsächlich.). Meistens beschränkt sich so etwas auf kleine Objekte, die man einfach bei sich tragen muss, um Sex zu genießen – und manchmal, um überhaupt Sex zu haben. Das beginnt bei einem Glücksanhänger, den man irgendwann einmal geschenkt bekommen hat, geht über Ohrringe, Armbänder bis hin zu Handys und hört auf beim nicht mehr ganz so kleinen Glücksschwein aus Stoff mit etwas Glück auf. Aber auch zum Eifelturm oder zu Brücken haben entrückte Zeitgenossen schon »Fetisch-Beziehungen« aufgenommen.

Häufig gibt es auch eine Kleidungsfixierung. Das kann von einem einfachen Wollhemd bis hin zu weißen Tennissocken gehen. Beides sieht nicht adrett aus, vor allem, weil es so selten gewaschen wird (das könnte ja das Glück oder die geheimnisvolle Fetischaura) fortspülen. Einer unserer Gäste hat seine weißen Socken getragen, bis sie schwarz waren, er konnte tatsächlich nur in diesen Socken »kommen«. Da die mit der Zeit um seine Füße herum zu faulen und zu stinken begannen, und er weder einsah die Socken (oder die Füße) zu waschen, mussten wir ihm tatsächlich Hausverbot erteilen

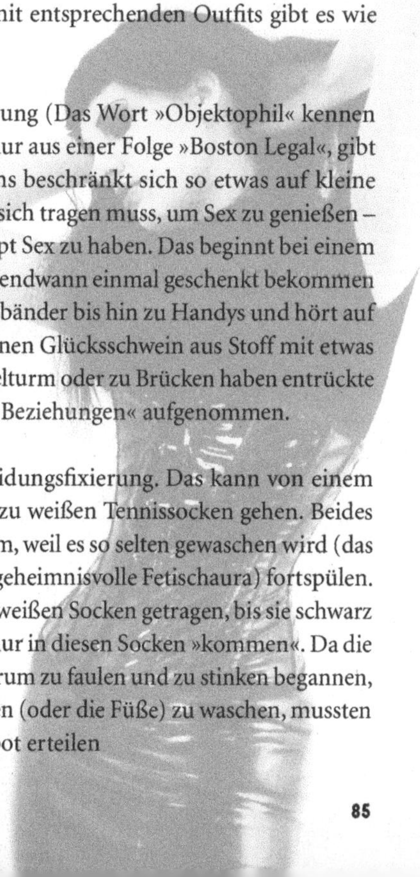

Genauso, wie dem Pärchen, das sich bei uns ins Bistro gelegt hat. Sie hat sich so hingesetzt, dass sie ihm gleichzeitig einen runterholen und ihm ins Gesicht pupsen konnte. Nur so konnte er kommen.

Die anderen Gäste leider nicht – oder nicht mehr – und so mussten wir in Zukunft auf die Anwesenheit dieses absonderlichen Paares verzichten.

21. Erst kicken ... dann ficken ... Das Swinger-Fußball-Turnier

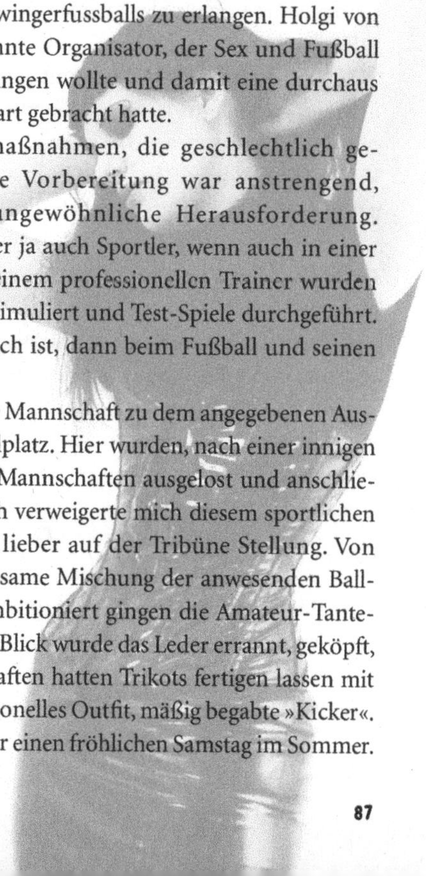

Erst kicken … dann ficken, war das einprägsame Motto eines besonderen Amateur-Fußball-Turniers, zu dem wir – schwuppdiwupp – eine Club-Mannschaft zusammenstellten, um den Pokal der Pokale, die Krone des Swingerfussballs zu erlangen. Holgi von Holgi-Events war der bekannte Organisator, der Sex und Fußball lustvoll unter einen Hut bringen wollte und damit eine durchaus interessante Sache an den Start gebracht hatte.

Eingehende Trainingsmaßnahmen, die geschlechtlich gemischte Mannschaft: Die Vorbereitung war anstrengend, aber mal wieder eine ungewöhnliche Herausforderung. Denn irgendwie sind Swinger ja auch Sportler, wenn auch in einer besonderen Disziplin. Mit einem professionellen Trainer wurden Spielzüge geprobt, Angriffe simuliert und Test-Spiele durchgeführt. Wenn der Deutsche gründlich ist, dann beim Fußball und seinen Randerscheinungen.

Am Turniertag fuhr unsere Mannschaft zu dem angegebenen Austragungs-Ort. Einem Fußballplatz. Hier wurden, nach einer innigen Begrüßung, erst einmal die Mannschaften ausgelost und anschließend ein Turnier gespielt. Ich verweigerte mich diesem sportlichen Gedanken und bezog doch lieber auf der Tribüne Stellung. Von dort beobachtete ich die seltsame Mischung der anwesenden Ball-Heldinnen und -Helden. Ambitioniert gingen die Amateur-Tante-Kätes zu Werke; mit Ernst im Blick wurde das Leder errannt, geköpft, getreten. Die Club-Mannschaften hatten Trikots fertigen lassen mit Clubname und Logo. Professionelles Outfit, mäßig begabte »Kicker«. Was braucht das Volk mehr für einen fröhlichen Samstag im Sommer.

Es gab Bratwürstchen und Pommes, dieselben Getränke, die es hier wahrscheinlich auch bei einem »normalen« Fußballspiel gibt. Leider waren die Zuschauer anders, als die üblichen, mitfiebernden Fans. Sie hatten eher wenig Stil in ihre Klamottenauswahl gelegt, aber immerhin wurde schon während der Spiele teilweise fröhlich im Gebüsch und auf der Tribüne gepoppt, obwohl dies letzendlich auch nur so aufregend war wie ein Molch im Teich. Wer hinterher gewonnen hat, war eigentlich unwichtig. Es zählte das Mittel zum Zweck, der Anlaß zur Ausgelassenheit.

Meine Freundin, die mich an diesem Tag eher widerwillig begleitete, hatte genug gesehen und nur mit Mühe und Not konnte ich sie davon überzeugen, dass es doch bei der eigentlichen Meister-Feier viel besser werden würde. Schlechter ging ja eigentlich nicht mehr.

Doch, ging es.

Trotz der blau-weißen Deko mit gemusterten, hässlichen Girlanden und Luftballons war am Gesamtkonzept mit bayrischer Volksmusik und betrunkenen Leuten einfach nichts mehr zu retten: Die Veranstalter hatten blaue Matten in einer Provinz-Sporthalle ausgelegt (auf denen wahrscheinlich die Kinder am nächsten Schultag wieder Sport hatten), Rest-Utensilien vom Schützenfest und vom Karnevals-Umzug organisiert, mächtig viel billigen Alkohol gestapelt und dann wurde ohne großartigen Übergang oder Feierstimmung einfach drauflos gefickt … auf Biertischen, unter den Tischen und eben auf den tollen Sportmatten. Eine Art Campingplatz mit Dach, irgendwo in der Pampa, mit einer Meute von recht extremen Leuten, die man weniger als Erotiker, als vielmehr als Sport- und Allesficker charakterisieren konnte.

Ein Jahr später wurde ich – warum auch immer - wieder von der Neugierde gepackt. Der Charakter der Veranstaltung musste sich doch herumgesprochen und alle anderen Neugierigen vertrieben haben, oder etwa nicht? – Das Revival war annonciert …

Mit derselben Lady im Schlepptau wagte ich den Test. Beim Fußballspiel war alles beim Alten geblieben. Aber immerhin hatten die Veranstalter in diesem Jahr eine neue Location gefunden, einige Spannlaken über Matten gelegt und sogar einen echten DJ engagiert. Einen sehr bekannten House-DJ aus der Szene, den sie nach etwa einer halben Stunde mit Bierdeckeln bewarfen, eben weil er House spielte, die gesammte versammelte Meute aber lieber deutsche Volks- oder Rockmusik hören wollte.

»Mach mal Hölle, Hölle … Kollege. Wat sollen wir mit dem Elektro-Tröt-Tröt?« – Warum bestellt man »House«, wenn man lieber »Scheiß« hören will?

Schließlich gab der DJ entnervt auf und irgendjemand übernahm die Kontrolle und ließ ein fröhliches Band von anno Tuck laufen.

»Das sind hier genau die Leute, die kein Club haben will«, flüsterte meine Süsse. »Wenn du zehn von denen bei dir auf der Party hast, ist die Stimmung versaut. Und übrigens: Ich will hier weg!«

Ich nickte. Viel erwarte ich nicht von unseren Gästen. Aber doch wenigstens, dass sie sich an den Dresscode halten und sich ein wenig Mühe geben.

Aber was soll ich sagen? Es gibt tausende von den anderen. Privatfeten in Adiletten, Bockwurst mit Kartoffel-Salat und ab dafür …

22. Mit Gleichgesinnten ins Mittelmeer ... Schiff ahoi!

Es geht immer noch gewagter: Manche Veranstalter organisieren »besondere« Partys im Rahmen anderer Veranstaltungen und die »echten« Veranstalter wissen gar nicht, dass da noch was anderes nebenher läuft. Was die Swinger, die für »ihre« Veranstaltung gebucht haben, natürlich nicht wissen und fröhlich loslegen … und damit die »Normalos« erschrecken, die vom doppelten Boden der Veranstaltung nichts ahnen!

Sie glauben mir nicht?

Ist aber wahr und vor nicht all zu langer Zeit auf einem Kreuzfahrtschiff geschehen.

Angeboten wurde eine Swinger-Kreuzfahrt ab Genua im Mittelmeer. Auf einem hervorragenden Kreuzfahrtschiff mit 1.200 Passagieren konnte man für mehrere tausende Euro dabeisein. Mit allem drum und dran, natürlich mit jeder Menge Erotik.

Crux: Auf dem Schiff und beim eigentlichen Reiseveranstalter selbst wusste niemand etwas von der angebotenen Swinger-Veranstaltung.

So kam es, dass ein buntes Swingervolk mit entsprechender Staffage und Ausrüstung gen Genua reiste, um dort die »MS Irgendwas« zu entern. Das Schiff lag am Kai, emsiges Treiben beim Beladen mit Ausrüstung, Verpflegung und Passagieren. Die Tickets absolut gültig, die Kabinen wie versprochen gebucht, wenn nur eines nicht ganz ungewöhnlich gewesen wäre:

Wo auf der Welt gibt es so merkwürdige Swinger? – Opas und Omas mit Rollatoren, Familien mit kleinen Kindern, ein Frauen-Abend-Kreis der Caritas. All diese Leute wollen mitfahren auf dem

Riesen-Swingerschiff? – Hier kann doch etwas nicht stimmen! Was war geschehen?

Der Sub-Veranstalter Eros-Tours hatte einfach über Neckermann 40 Kabinen für »seine« Leute gebucht und diese dann auf einem ganz normalen »Vater, Mutter, Kind Großeltern«-Schiff untergebracht.

Das unsere Swinger nun das gänzlich falsche Outfit im Koffer hatten und Orgien auf dem Sportdeck der Senioren-Aquabic weichen mußten, war noch zu verschmerzen, wäre die Reise nicht frech mit einem 100% Obzönitäts-Zuschlag verkauft worden. Natürlich konnten auch die angepriesenen Veranstaltungen, wie »Möglichkeit zu erotischen Spielen«, »Montag großer Lackabend«, »Dienstag Bi-Abend«, nicht umfassend durchgezogen werden, weil ja von den 1.200 Passagieren nur 100 (plus / minus) swingermäßig drauf waren. Selbst die Kabinen, wo man versuchte aus der Not eine Tugend zu machen, waren für lautstarkes Sexeln einfach total ungeeignet. Vom Veranstalter selbst fehlte selbstverständlich auch jede Spur, es war kein Ansprechpartner da oder irgendwie aufzutreiben.

Und die Sammelklage der geprellten Sexfreunde?

Bei der ist nichts rumgekommen, da der Veranstalter seine Ausschreibung so vorsichtig formuliert hatte, dass alles, was in seinem Programm stand von den Teilnehmern hätte erfüllt werden können, bzw. vom Veranstalter der echten Kreuzfahrt ja tatsächlich erfüllt worden war. Hornberger Schiessen, was niemand wirklich lustig fand!

Aber diese ganze Aktion war immerhin noch besser, als die von einem burschenhaften Typen namens Trüller, der Swinger-Reisen verkauft hat, die dann niemals stattgefanden. Insgesamt hatte Trüller fünf Clubs in Deutschland angesprochen, die dann Werbung für ihn und seine tollen Reisen machten. Es gab Sonderpreis-Aktionen, Verlosung von Gratisreisen, Frei-Reisen für die Clubbetreiber, und die begeisterten Gäste in Spe haben allesamt eine Anzahlung geleistet (weil man dafür weitere 10% Rabatt auf den Gesamtreisepreis bekommen hat).

Der Veranstalter selbst ist dann mit über 100.000 Euro Anzahlungen abgehauen – und wird zurzeit von der Polizei und von aufgebrachten Swingern gesucht. Das Lustschloss in der Toscana, die Swinger-Insel in Griechenland und das polnische Erotik-Rittergut gab es nur im Prospekt des betrügerischen Verkäufers.

Generell bleibt an dieser Stelle zu sagen, dass die meisten Swinger harmlose, nette Leute sind, die ihre Gesinnung mit Gleichgesinnten teilen und teilen wollen, und die in der Regel keine Außenstehenden »belästigen.

So etwas wie auf dem Kreuzfahrtschiff ist deswegen besonders ärgerlich und geschmacklos. Man will ja nicht einfach irgendwo herumvögeln … damit verärgert man die »normalen« Leute. Schließlich muss man der Welt ja nicht sein eigenes Sexualleben aufzwängen.

23. Die »Squirting«-Queen ...
Wasser marsch!

Hanna hat eine Drüsenstörung. Viele Menschen haben das.

Aber Hanna ist etwas besonderes. Sie gehört zu den Frauen, die so richtig »abspritzen« können. Inzwischen war sie bei verschiedenen Frauenärzten und hat sich deswegen intensiv untersuchen lassen. Die Flüssigkeit selbst enthält übrigens (entgegen des weit verbreiteten Glaubens) keinen Urin, sondern ist wohl eine Art Blutserum, das über Drüsen und Aderngeflechte aus dem Blut entzogen wird. Deswegen wird ihr auch oft schwindelig, wenn sie langen und ausgiebigen Sex hat.

Warum war Hanna deswegen beim Arzt?

Weil sie alles einnässt und zwar in extremer Weise.

Ihr Freund ist bisweilen genervt, weil sie immer »eine Folie« im Slip haben muss. Ihr Bett ist mit einem Kinderspannlaken bezogen (für undichte Kinder) und auch bei uns im Club hinterlässt Hanna überall eine Spur der nassen Verwüstung. Das riecht zwar nicht, ist aber vielen Leuten sehr unangenehm – weil man halt ungern in andererleuts Nässe liegt. Ich finde es an sich ziemlich geil, wenn eine Frau abspritzen kann, aber wenn du das bei jedem Mal Sex hast, ist das nicht mehr wirklich schön. Und fremde Männer fühlen sich zwar geschmeichelt – zumindest solange sie glauben, es sei ein Anhaltspunkt für guten Sex und keine Drüsenstörung.

Trotzdem war Hanna Feuer und Flamme, als ich ihr den Vorschlag machte, ihre Fähigkeit doch einmal bekannter zu machen und bei uns auf der Show-Bühne aufzutreten. Ihr Freund wollte lieber nicht im Rampenlicht stehen und so kam mir die fragwürdige Ehre zuteil, mich der Show als »Squirt-Agent« zu widmen.

Nach einem publikumfernen langen Stimulations-Vorspiel, um meine Gespielin auch gebührend »aufzuladen«, betraten wir die Bühne in der gut gefüllten Disco. Ich platzierte sie auf einem Gyn-Stuhl und begann sie zu gekonnt zu fingern.

Alles war prima. Der Vaginal-Muskel beginnt nach einiger Zeit leicht zu krampfen, die Bauchdecke spannt sich … eine anhaltende Kontraktion verkündet den baldigen Ausbruch. Soweit die Theorie nebst praktischer Erfahrung. Er Bauch spannte sich an und … noch vor einsetzen der üblichen gewohnten Kontraktion, flog mir ein warmer Strahl entgegen. Deckung hoch! – Zu spät! – Mitten im Gesicht landete die erste Fontäne, gefolgt von 5 weiteren heftigen Eruptionen, die sich schlagartig über mich ergossen. Alles in Sekunden, sodass eine Gegenwehr oder ein Ausweichen absolut unmöglich war.

Ich war von oben bis unten eingesaut und hatte zudem Flüssigkeit in Auge, Mund und Nase. Es tropfte, ich tropfte und zwar gewaltig! - Das Publikum prustete und ich war die unfreiwillige Lachnummer, der Mr. Bean des Abends. Was tut man nicht alles für's Geschäft und für ein wenig Unterhaltung?

Den Rest des Abends hatte ich frei – und seitdem weiß ich auch, wie sehr und wie lange diese besondere Lustflüssigkeit im Auge zu brennen vermag.

24. Die Viagra-Falle … Einsatz für 112

An einem typischen Wochenende haben wir durchschnittlich 3 oder 4 Männer im Club, die sich mal gerne eine Viagra oder Cialis reinwerfen. Oder zwei oder drei. Bei den Jüngeren funktioniert das meistens, bei den Älteren … ein Wort: Kreislauftod.

Inzwischen bin ich richtig gut geworden, was Wiederbelebungs-Maßnahmen anbelangt. Wenn Leute poppen und der Pimmel geht trotzdem nicht mehr runter – dann bleibe ich manchmal in der Nähe … nur für den Fall der Fälle.

Heute war wieder so ein Wochenende. Zwei Experten hatten sich in der Dosierung vertan oder wollten auf Nummer Sicher gehen, um ihren Mann zu stehen. Warum zum Henker missachteten diese Typen ständig die Packungsbeilagen? - Vor allem konnte ich nicht beiden gleichzeitig hinterherschleichen. Dafür ist der Club einfach zu groß – und ganz nebenbei habe ich auch andere Aufgaben zu erledigen.

Wie auf Kommando hörte ich meinen Namen. Einer der beiden Experten, der vor einer halben Stunde zwei gelbe Pillen mit Vodka-Lemon herunter gekippt hatte, war im Nahkampf schweißgebadet zusammengeklappt, seine panische Frau hockte neben ihm und wusste ganz offensichtlich nicht, was los war.

»Wie viele hat er noch genommen?«, erkundigte ich mich, während ich den Puls kontrollierte.

»Er hat nichts genommen. Mein Dieter braucht sowas nicht!« Die Frau fauchte beinahe. Woher wußte sie, was ich meinte, wenn der liebe Dieter doch nie was nimmt. Komisch!

»Nö, hat er nicht«, ich deutete entschieden Richtung Dödel – das Einzige an dem liegenden Mann, das immer noch stand! Ich schaffte ihn mit der Hilfe unserer Angestellten zur Sanitätsmatte, wo wir ihn lagerten, bis der Krankenwagen ihn in die nächste Krankenhaus-Ambulanz transportierte. Kreislauf-Kollaps, zum Glück rechtzeitig eingeliefert!

Ehrlich?

Wenn so ein Penis nicht mehr runtergeht, weil man zuviel Stimulator zu sich genommen hat, ist das auch eine sehr schmerzhafte Angelegenheit. Mann MUSS zum Arzt, kühlen bringt da meist gar nichts. Du kriegst ihn einfach nicht mehr runter und Schwellkörper können auch platzen. Nach prall kommt blau. Nach blau kommt schwarz! - Da hilft dann nur noch ein medikamentöser Muskel-Erschlaffer. Aber wenn die Ader richtig zu ist, musst du punktieren und das Blut durch die Arterie rauslassen – eine riesige Sauerei.

Und zu Hause fast so schwer zu erklären wie ein Penisbruch, den wir auch schon hatten.

Wenn der Mann noch versucht zu erklären: »Alles nicht so schlimm«, kannst du seinem besten Freund beim Wachsen zusehen und ab Handballgröße weißt du: »Ne, nix ist halb so schlimm.« Dann muss du dich beeilen. Sehr. Denn der Penis ist eine richtig gut durchblutetes Körperteil und der sollte besser nicht so sehr anschwellen, dass er aufreißt. Das möchte niemand. Weder der Mann, noch der Notarzt, noch die Leute, die wegen der Erotik im Club sind. Von unserer Putzmannschaft mal ganz zu schweigen …

Zumal Spätfolgen bei solch extremen Szenarien nicht ausgeschlossen sind. Neben sechs Monaten Sexpause, ist nie ganz sicher, ob das Rohr wieder eins wird oder ob Nervenbahnen oder Gefäße einen irreparablen Dauerschaden erlitten haben.

Während der Kreislauf-Kollaps doch häufiger vorkommt, sind Priapismus und Pimmelbruch zum Glück sehr seltene Ereignisse. Was rät der Experte? – Nicht verzagen, Doktor fragen. Risiken und Nebenwirkungen haben nämlich durchaus einen Bezug zum allgemeinen Gesundheitszustand.

25. Hurra ... die neue Fickmaschine ... Der Tuning-Report

Weiß jeder, was eine »Fickmaschine« ist?

Ja, genau! Was immer Sie sich gerade vorgestellt haben, es kommt der Realität vermutlich verdammt nahe! – Oder auch nicht ...

Mein Chef ist der Meinung, jeder und vor allem jeder gute Club sollte eine Fickmaschine zur Lusterfüllung für Frauen haben. Soweit von mir keinen Einwand. Ist nichts Verwerfliches dran. Schließlich wissen wir alle, welchen Elan einige Damen auf der Suche nach multiplen Orgasmen aufbringen; einen Elan, dem der normale Mann auf Dauer in der Regel nicht genug Manneskraft entgegen setzen kann.

Nun gibt es zahlreiche Anbieter auf dem Markt, die diese zweckmäßigen und getesteten Maschinen (nein, Stiftung Warentest hat sich – zumindest meines Wissens nach – noch nicht mit der Qualität dieser Freudenspender beschäftigt) anbieten. Die Preisklassen gehen von 100 Euro bis weit in die Tausender. Je nach Ausstattung und ... ja, genau. Lassen wir an dieser Stelle der Fantasie einfach einmal freien Lauf.

Allerdings haben all diese Maschinen eines gemeinsam: So richtig ihren Zweck erfüllen tun sie oftmals nicht. Behaupten zumindest die bislang gefragten Frauen – und vor allem mein Chef, der sich im Laufe der Jahre zum Experten auf diesem schlüpfrigen Gebiet entwickelt hat.

Aus diesem Grund beschäftigt er gleich vier Hobbybastler, die versuchen für ihn und seine jeweiligen Gespielinnen die optimale Fickmaschine zu basteln. Dazu benutzen sie Teile anderer Fickmaschinen, Dildos, Nähmaschinenteile und ähnliches und bauen daraus zum Teil skurille Prototypen, die dann bei uns im Partybetrieb getestet werden.

Vom Sybian, über den Aufsatz-Wechsel-Ficker bis hin zum großen Hubstuhl mit Wechsel-Dildo-Halterung reichen die Varianten,

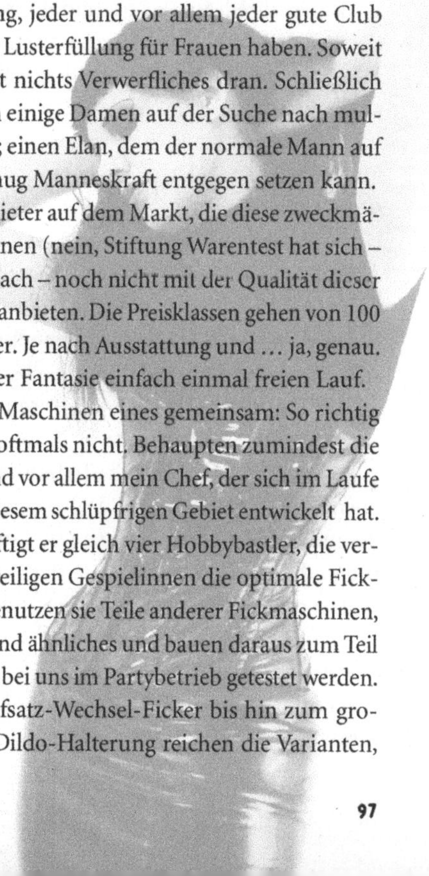

die garantiert ohne TÜV-Siegel in Koffern, Kisten und Anhängern angeliefert werden.

»Der Fick-Fuck ist ein Apparat, der der Frau den Mann erspart!« - Eines Tages wurde von einem der Fickmaschinen-Ingenieure stolz ein neues Gerät geliefert. Sah schick es aus, vermeintlich selbsterklärend. Ein großer roter Hubstuhl mit Riesen-Prügel-Wechsel-Gewinde. 4 PS, stufenloses Getriebe, hydraulisch verstellbar. Es versprühte in rotes Leder gekleidet sogar einen Hauch von Sinnlichkeit, wie ich zugeben musste.

Allerdings bestand mein Chef darauf, dass Ding zuvor zu testen, bevor es der Allgemeinheit festlich und feierlich übergeben werden konnte. Klar, man kann ja nicht ein X-beliebiges Teil auf und in harmlose Kunden loslassen.

Also verabredeten wir uns am Abend mit seiner Freundin, dem Konstrukteur und einem befreundeten Fotografen, um bei den Tests sofort Werbemaßnahmen (aka Fotos für die Homepage) einleiten zu können.

Pünktlich versammelten wir uns am »Maschinenraum«, gingen hinein und bewunderten erst einmal das gute Stück im »Leerlauf«, sprich: Ohne Frau. Nur um sicher zu gehen, dass nicht sofort irgendein Teil abbrechen oder sonst wie ein grober Unfall passieren würde.

Mächtig gewaltig setzte sich die Maschine in Bewegung und ließ den Boden merklich zittern. Ein echtes Power-Teil mit einem gedrosselten Rasenmäher-Motor, der durch eine Intensiv-Schall-Ummantelung sehr leise schnurrte. Den Hebe-Kolben zierte ein leicht gebogener adernstrotzender Latex-Dildo, der mit einer zölligen Schiebemuffe abrutschsicher auf der Ausleger-Traverse montiert war.

Elke, unsere ehrenamtliche Testerin, zog sich aus und sicherte sich die mobile Bedien-Konsole. Dabei kam sie meinem Chef sehr nahe, der unter den Stuhl gekrochen war, um die Mechanik von unten zu bewundern.

»Du riechst wie ein Fischkutter, Süsse!«, meinte der etwas uncharmant und schüttelte den Kopf. Leider hatte er Recht. Ein Duft wie »Reste-Mülleimer bei Nordsee« wehte durch den ganzen Raum.

»Ja, ich weiß auch nicht, was da unten los ist.« Elke zuckte mit den Schultern.

»Wann warst du zum letzten Mal beim Frauenarzt?«, erkundigte ich mich.

»Geht dich doch gar nichts an ...«, pampte Elke zurück, dann meinte sie, »halbes Jahr oder so.«

»Wollen wir mal gucken?« Ich deutete auf den Gyn-Stuhl. Wenn man eines als langjähriger Swingerclub-Mitarbeiter lernen kann, dann solch ein Gerät zu bedienen.

»Das erspart aber nicht den Besuch beim Frauenarzt«, klärte ich Elke auf, während ich mit gummierten Fingern versuchte die Ursache des Geruchs zu finden. Je weiter ich die Muschi öffnete, desto intensiver wurden die Dünste, die zu mir aufstiegen. Wenige Minuten und einige Zentimeter später zog ich nacheinander zwei wirklich weit nach hinten gerutschte vermoderte Tampons aus ihr heraus. Igitt!!!

»Hast du das nicht bemerkt?« Ich schüttelte den Kopf. Zwei!

»Hätte ich es bemerkt, hätte ich sie wohl nicht stecken gelassen, oder?«

»Touché!«

»Kann ich jetzt testen?«

Elke war die Sache unangenehm, die anwesenden Herren schwiegen betreten und der Chef fuhr sich nervös mit den Fingern über seine Lippe. Cunilingus? ... Pfui Teufel! Der Ausspruch »Es stinkt mir« hatte nun mal eine völlig neue Bedeutung.

Ich nickte Elke zu, fragte mich aber, wie zuverlässig das Urteil von jemandem wohl ausfallen kann, der es nicht einmal bemerkte, wenn er wochenlang mit zwei Tampons herumlief.

Fünf Stunden später musste ich zugeben, dass sich Elke wirklich redliche Mühe gab. Feinjustierung war eben so eine Sache und erforderte eine Menge Geduld, Gleitcreme und Balance von der Frau. Mal blieb der Gummi-Dödel stehen, mal war der Winkel falsch gewählt und zweimal flog die Sicherung wegen Überhitzung heraus... Aber zu guter Letzt hatten wir schließlich eine perfekt funktionierende, super eingestellte Maschine ...

... am nächsten Mittag gellte ein dumpfer lauter Schrei durch den Club. Eine unserer Aushilfen aus der Küche hatte die neue Maschine entdeckt und sich in der Pause über sie hergemacht. Leider war er ein Mann und nicht auf die Idee gekommen, die Stoßkraft der Maschine vorher im »Leerlauf« zu testen. Auch auf Gleitmittel (Muffen-Beschleuniger) hatte er gänzlich verzichtet. Mehr oder weniger von der Wucht überrascht, hat ihm der Versuch ... sagen wir ... nicht wirklich gefallen..

Tatsächlich werden unsere Fickmaschinen – wir haben inzwischen mehrere – hauptsächlich von Transvestiten frequentiert. Zum Glück haben die meisten davon genügend Verstand, die Maschine erst einmal anzustellen, bevor sie sich draufsetzen. Wobei die anale Verwendung auch ihre Probleme hat, wenn nämlich der Darm nicht sauber ist oder aber Hämorrhoiden im Spiel sind.

Eine weitere Maschine haben wir vor Kurzem abgeschafft: Die Lady-Leckmaschine.

Eine Maschine mit vielen kleinen Nylon-Zungen, die man mit einer Lotion einsprühen und mit der Frau viel Spaß haben kann. Leider hat dieser Lustspender bei aller Freude einen gewaltigen Nachteil: Man kann ihn kaum sauber machen. Es wird sage und schreibe eklig. Vor allem im laufenden Betrieb. Da ging die eine Frau weg, nachdem sie gekommen war, dachte nicht daran, das Teil sauber zu machen ... und die nächste Frau legte sich hin und hatte ihren Spaß. Die Leute von CSI mit Schwarzlicht hätten sicherlich ihre helle Freunde gehabt und darum haben wir das schöne Teil erst einmal außer Betrieb gesetzt.

26. Damen legen flach ... notfalls mit Gewalt!

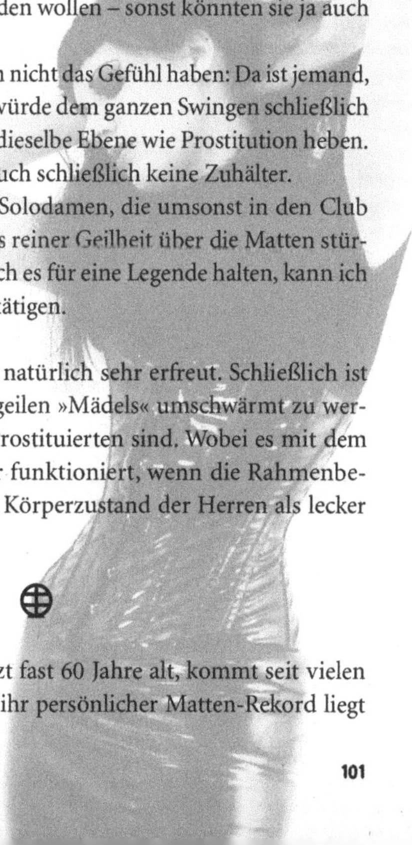

Der Begriff »Hausdame« ist »in der Szene« verpönt und extrem gefährlich. Ein Club, der etwas auf sich hält, wird nie zugeben, »Hausdamen« zu haben oder zu beschäftigen. Schließlich gehen die Solomänner in einen Swingerclub, weil sie Sex auf freiwilliger Basis haben und vielleicht gar umschmeichelt werden wollen – sonst könnten sie ja auch gleich in einen Puff gehen.

Und auch die Pärchen wollen nicht das Gefühl haben: Da ist jemand, der »es« für Geld macht. Das würde dem ganzen Swingen schließlich den Spaß nehmen und es auf dieselbe Ebene wie Prostitution heben. Ein Club/Clubbesitzer ist ja auch schließlich keine Zuhälter.

Zum Glück gibt es sie, die Solodamen, die umsonst in den Club reinkommen und wirklich aus reiner Geilheit über die Matten stürmen. Auch wenn viele von Euch es für eine Legende halten, kann ich diesen Umstand mehr als bestätigen.

Die Soloherren sind darüber natürlich sehr erfreut. Schließlich ist es für sie toll, von mehreren geilen »Mädels« umschwärmt zu werden, weil es ja eben KEINE Prostituierten sind. Wobei es mit dem umschwärmen natürlich nur funktioniert, wenn die Rahmenbedingungen stimmen und der Körperzustand der Herren als lecker empfunden wird.

Eine „unserer“ Damen ist jetzt fast 60 Jahre alt, kommt seit vielen Jahren in unser Institut und ihr persönlicher Matten-Rekord liegt bei 68 Nummern am Abend bei einem Gangbang. Sie zerrt Männer fast mit Gewalt auf die Matte und hört den „Schluss"-Schuss fast nie!

Da lag so ein Opa und erholte sich von der letzten Nummer. Als sie »erotisch« auf allen Vieren zu ihm schlich, haute er ganz schnell ab. Eigentlich ein recht deutliches Signal! Kaum eine halbe Stunde später stand der Herr wieder auf dem Flur vor den Lusträumen und guckte einem Pärchen beim Paaren zu, als unsere Mega-Nymphe mit Harakiri-Technik zum neuerlich gezielten Angriff überging. Kniehebel. Mattenfeger. Opa Erich flog zu Boden und wurde nach allen Regeln der Kunst einfach so bestiegen und unter lautstarkem Protest entsaftet.

Die Schreie alarmierten mich und mit einiger Mühe gelang es mir, unsere renitente Dame von dem Senioren zu pflücken. Es stellte sich heraus, dass er sich tatsächlich von ihr massiv bedrängt fühlte. Er sei doch nur ein Voyeur und wolle gucken, weil seine Nudel sowieso nicht richtig funktioniere. Die von mir zurechtgewiesene Dame zog sich erst einmal zur Theke zurück, lachte über das Erlebte, erneuerte die Wette mit den anderen Damen (ja, manche Damen wetten, wer am Abend die meisten Kerle flachlegt) und lauerte bei einer Bluna auf ein nächstes »Opfer«.

27. Dossier »Käse-Fuß« ... Mauken für zwei harte Jungs

In einem Swingerclub gibt es erstaunlich wenige Besucher mit Stinkefüßen. Selbst in Fetischoutfits, die förmlich danach schreien. Dafür duschen die Leute zu häufig und benutzen diverse Pflegeprodukte.

Nur eine unserer Stammkundinnen ... wenn die vor der Tür steht und klingelt, riechst du sie schon von weitem!

Offene Sandalen im Sommer? Musste ich ihr verbieten. Bei aller Freundschaft und Freundlichkeit: Sie musste mit geschlossenen Stiefeln in den Club – und die Stiefel auch anbehalten. Es ging anders einfach nicht. Wenn die Fliegen flüchten oder tot von der Wand fallen, dann ist verständlicherweise Eile geboten.

Tina konnte selbstverständlich nichts für ihre Stinke-Mauken. Sie war ein sehr reinlicher Mensch und schon oft wegen dieses Problemes beim Arzt gewesen. Erfolglos. Ein Leiden, welches nicht beseitigt werden konnte.

Eines Abends saßen zwei Zuhälter (so richtig »harte« Jungs) aus Stuttgart bei uns an der Theke. Sie waren extra in unseren Club gekommen, um mal etwas zu erleben, was sie noch nicht kannten. Doch bisher waren sie enttäuscht. Alles viel zu normal für die Härtesten der Harten.

Ich überlegte. Was sollten wir ihnen anbieten? Die Fickmaschine? Den SM-Raum? Auch nichts so Ungewöhnliches. In diesem Moment bog Tina um die Ecke. Bingo! – Ideen-Blitz, wenn auch leicht pervers! – Wer auf Chuck Norris macht, der braucht das harte Programm!

»Wir haben eine Dame da, die für jeden Fußfetischist das Größte ist«, behauptete ich. Mehr, weil mir die beiden mit ihrer Art auf die Nerven gingen, als weil ich wirklich damit rechnete, dass jemand freiwillig oder mit Gefallen an Tinas Füßen schnüffeln würde. »Ihre Füße riechen dermaßen … das habt ihr noch nicht gerochen!« Was ich hier als kulinarische Delikatesse verkaufte, war, bei Kenntnis der Umstände, an Ekligkeit kaum zu toppen. Aber: Unsere beiden harten Loddels waren sofort Feuer und Flamme. Das wollten sie nun wirklich ausprobieren. Schließlich war einer von beiden tatsächlich ein Fußfetischist. Ich grinste mir ins Fäustchen und rief Tina.

Gegen einen kleinen Obolus erklärte sie sich dazu bereit, als Objekt der Begierde herzuhalten. Die drei zogen sich in eine Ecke des Barraumes zurück, den sie nach wenigen Sekunden ganz für sich allein hatten. Alle Gäste mit intaktem Geruchssinn verzogen sich nämlich schlagartig, als Tina ihre Stiefel auszog.

»Ist hier jemand gestorben?«, fragte ein älterer Herr, der mindestens 20 m neben dem Geschehen vorbeilief.

Doch die beiden seltsamen Gäste standen tatsächlich auf Füße – und auf Tinas Mauken-Aroma. Als wäre er nicht abstoßend, sondern göttlich, leckten sie an ihren Sohlen, nuckelten an den Zehen und fühlten sich ganz offensichtlich genauso pudelwohl wie Tina, die zum ersten Mal nicht unter ihren stinkenden Füßen litt, sondern wegen eben dieser zwei Prachtexemplare begehrt wurde. Glückliche Kinderaugen! – Das gute Werk war gelungen, der Abend für diese Gäste ein Erlebnis der Extraklasse.

Wir mussten tagelang lüften, um den bewahrlichen Mauken-Geruch wieder loszuwerden. Aber Tina hatte nun einen lukrativen Nebenjob entdeckt: Sie verkauft gebrauchte Socken, tütet diese mit dem Vakumierer ein und verschickt sie dann in alle Welt. Und das ist kein Witz!

28. Mehmet freut sich ein Ohr ab

Mehmet ist so etwas wie unser Premium-Türke.

Jeder kennt ihn und er gehört beinahe schon zu unserem Club-Inventar. Und obwohl er das Wort »Nein« selten kennt, verzeihen ihm die meisten Frauen und Paare relativ schnell. Im Gegensatz zu den meisten anderen Soloherren ist er nämlich … niedlich. Da war zum Beispiel neulich ein hübsches Mädel, die wollte von allen Solomännern des Abends beglückt werden und während sie einem anderen Typen einen blies, hielt sie Mehmet einladend den Hintern entgegen.

Er stülpte sich ein Kondom über, kniete sich hinter sie, führte den kleinen Kurden sein, stieß zweimal zu, schüttelte den Kopf, zog raus und ging mit anhängendem Kondom das Zimmer.

Zufälliger Zeuge dieses Ereignisses und im sicheren Wissen, dass Mehmet nie eine willige Frau ausließ, erkundigte mich: »Wat war?«

»Hat einfach nicht gepasst, Howard. Hat einfach nicht gepasst!«

Mehmet klopfte mir mitfühlend auf die Schultern – und ich verstand die Welt nicht mehr.

Allerdings … wenn es denn dann passt, macht Mehmet komische Quietschlaute beim Poppen. Die klingen beinahe wie ein hohes Lachen und es ist lauter als das Gestöhne der meisten brünftigen Frauen. Wenn Mehmet schließlich – zur Erleichterung oder zum Amüsement des ganzen Clubs – gekommen ist, ist er zehn Sekunden lang still … komplett still … dann hüpft er wie ein Geisteskranker herum, lacht sich halbtot und manchmal, wenn der Orgasmus besonders gut war, wälzt er sich sogar auf dem Boden.

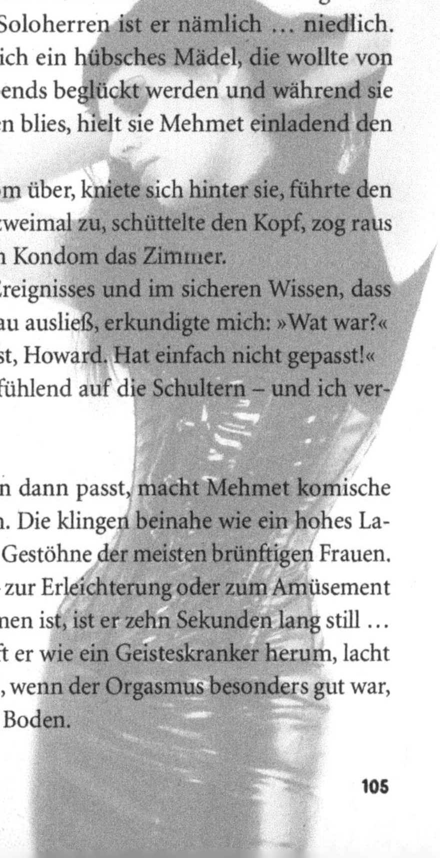

Und dann wundert er sich, warum keine Frau mehr mit ihm poppen will – zumindest kein zweites Mal …

29. Waldpilz meets Monster-Schwanz ... sind wir denn hier im Zoo?!

Die meisten Gesichter sind beim Sex nicht wirklich erotisch. Das fällt einem früher oder später auf. Dazu muss man nicht zwangsläufig in einem Swingerclub arbeiten. Aber »meine Fresse«, Gesichter beim Gangbang (Fließbandficken)sind noch verzerrter, als sonst beim Sex. Total verzerrt, als hätten die Teilnehmer Schmerzen. Haben sie Gott sei Dank nicht, aber glücklich aussehen tun sie auch nicht ...

Wie die Hühner im Stall wird sich um ein Weibchen gescharrt, Pimmel in der Hand, keiner redet, alle sind konzentriert – darauf, die anderen Männer auszublenden. Als Gangbang-Wart hat man – wie schon einmal erwähnt – einen gefährlichen Job. Die Jungs kommen von allen Seiten, wenn man stolpert, liegen 10 Kerle auf einem. Ich kenne Organisatoren, die haben sich auf solche Art und Weise schon Rippen gebrochen, das Bauchfell eingerissen ... es ist wie bei einer Stampede.

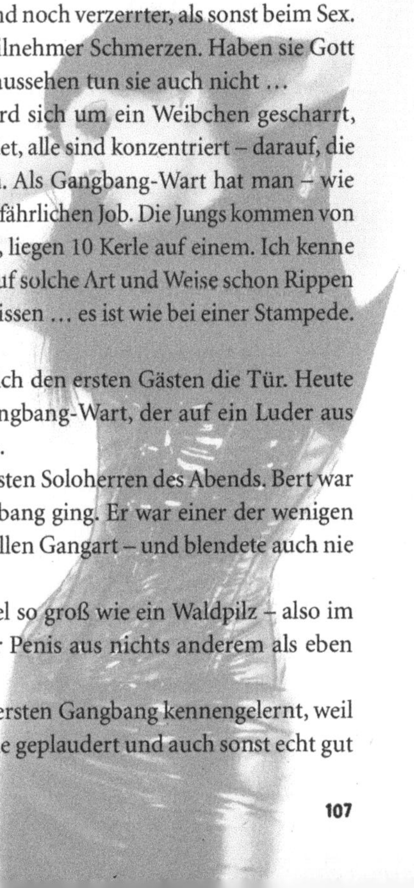

Mit diesem Gedanken öffnete ich den ersten Gästen die Tür. Heute war ich dran. Howard, der Gangbang-Wart, der auf ein Luder aus den Niederlanden achten sollte.

»Hi, Bert!«, grüßte ich den ersten Soloherren des Abends. Bert war IMMER da, wenn es um Gangbang ging. Er war einer der wenigen bekennenden Fans dieser sexuellen Gangart – und blendete auch nie die anderen Kerle aus.

Dabei hatte er nur eine Eichel so groß wie ein Waldpilz – also im Grunde bestand sein gesamter Penis aus nichts anderem als eben dieser Eichel.

Ich hatte Bert nach meinem ersten Gangbang kennengelernt, weil er noch entspannt mit der Dame geplaudert und auch sonst echt gut drauf gewesen war. Er war es auch, der mich aufgeklärt hatte. Und die Dame bestätigte.

Tatsächlich kam es in seinem Fall nicht auf die Größe an, der Umfang war es. Mit dem Teil konnte man sich zwar keinen blasen lassen und auch nicht ficken. Aber eine tolle Sache gäbe es – und zwar toll für beide beteiligten Parteien: Mit einem Pfeifenreiniger oder einem Q-Tipp an und in der Nille reiben.

Seitdem hatte ich deutlich weniger Vorurteile bezüglich Penisformen, -größen und sonstigen -ausstattungsmerkmalen. Dachte ich zumindest noch zwei Stunden lang. Dann packte mir ein weiterer Solomann seinen entblößten Penis direkt auf die Theke und lächelte mich an. Das Ding war dick wie eine Salami, musste ihm im Normalzustand fast bis zum Knie gehen.

»Krieg ich einen Sonderpreis? Schließlich wollen alle Frauen einen großen Schwanz!«, behauptete der Mann mit Kampfnamen »Mr. Baxter« selbstsicher.

»Nein, du musst sogar extra Schmerzensgeldzuschlag bezahlen«, meinte ich ganz seriös, obwohl ich meinen Blick schwer von dem Ding abwenden konnte.

»Willst du mich verarschen?« Der Mann wirkte sichtlich beleidigt.

Aber auch meine Kollegin schüttelte unbarmherzig den Kopf. »Neee... du zahlst den normalen Soloherren-Eintritt.«

Widerwillig zahlte der Kunde – und blieb den Rest des Abends recht allein.

Zwar unterhielten sich zahlreiche Damen und Herren über ihn, aber selbst unsere Hardcore-Ladies vermieden es, mit ihm auf die Matte zu gehen. So einen großen Penis bekommst du eben nirgendwo unter, zumal wenn das Mittelstück weicher ist als der Rest. So blieb unserem Gladiator dann nichts anderes üblich, als mit bewährter »Mütze-Glatze-Technik« selbst zum Erfolg zu kommen. Dafür war der Eintrittspreis – zugegebenermaßen – doch etwas hoch.

30. Swingerküche bizarr ... Erbsensuppe

Wir hatten einen neuen Koch mit afrikanischen Wurzeln. Nach zwei Jahren treuer und guter Arbeit war unser »alter« Koch wieder zurück in seine Heimat gezogen und hatte uns einen Freund aus Nigeria empfohlen, der die Küche übernehmen wollte.

Er war im Kochen erfahren, hatte aber mit der speziellen »Swingerküche« so seine Probleme. Was isst man im Swingerclub, was isst man besser nicht? Als ich seine »Premieren-Buffet« betrachtete, kamen mir erste Zweifel. Es gibt allgemein gültige Regeln, was es in einem Club

- auf keinen Fall geben sollte: Knoblauch, rohe Zwiebeln, gekochten Kuhmagen
- eher nicht geben sollte: Nüsse, dicke Bohnen, scharfe Chili-Saucen …

Und auch deftiger Schweinebraten und Spargel sind eher unschön, denn sie ergeben seltsame Geschmacksnuancen oder Ausdünstungen bei gewissen sinnlichen Praktiken.

Hier sah ich von all dem ein bisschen. Sogar eine Erbsensuppe gab es. Roch lecker, sah lecker aus und … hatte das Potenzial das Gedärm zu erfreuen. Doch wer steht schon auf »Flatulentia tremenz«, die unkontrollierte geräuschvolle Abgabe von warmen After-Winden. Ein Gespräch mit dem Koch tat Not, um hier wieder für normale Umstände zu sorgen.

Zurzeit arbeiten wir zu Viert an einem Buch: Rezepte aus dem Swingerclub, garantiert erotisch genießen!

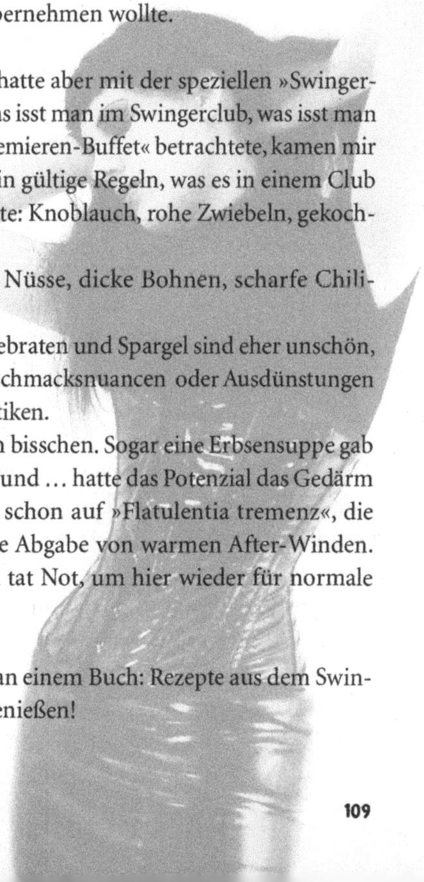

31. Der Potenz-Schnaps … und die Folgen

Zwei Wochen später kam unser Afrikaner auf die glorreiche Idee, ein Potenzschnaps könnte unserer Bar den letzten Kick geben. Flüssiges Viagra ohne Nebenwirkungen!

Der Koch hatte aus der Heimat ein Rezept mitgebracht und *so* machte er sich dran, einen eigenen Schnaps zu brauen. Die Brühe war ein dunkler Sud aus vermutlich Ziegenzungen, Affenhaaren, alten Fußnägeln, Elefanten-Schweiß und Industrie-Alkohol. Das genaue Rezept so geheim wie die Rezeptur von Coca-Cola. Gebraut wurde nachts bei Vollmund unter Verwendung eines dunklen Voodoo-Kochlöffels.

Das ganze musste dann 5 Wochen lang »reifen« und wurde mir dann schließlich als DER afrikanische Schnaps überhaupt angepriesen. Er sei für alles gut, was die Potenz fördert und schlecht für alles, was verhindert, dass man Sex hat. Eine eigene fremde Philosophie, die sich in der schmutzigen Flasche wiederfand.

Nach der anstrengenden Wochenendschicht saßen wir zusammen, ich nahm das handschriftlich fixierte und versiegelte Rezept feierlich entgegen und kam in den Genuss von zwei Pinnchen. Sie schmeckten genauso, wie sie gerochen hatten.

Die nächsten 48 Stunden hatte ich Dauerdurchfall, Magenkrämpfe, Schweißausbrüche und erhebliche Kreislaufprobleme. Mehrfach hatte ich das Gefühl, mein Herz würde jeden Moment aufhören zu schlagen … während der Afrikaner seine zwei freien Tage damit verbrachte sexuell potent durch in unserem Club zu schweben.

Das Rezept selbst liegt immer noch – auch nach all den Jahren – versiegelt in meiner Nachttischschublade. Und falls ich jemals das Bedürfnis habe, etwas gegen jemanden zu unternehmen, der mich vom Sex abhält, wird es zielsicher zum Einsatz kommen.

32. Gestrandet im SM-Käfig – die Feuerwehr muss ran

Es war mitten in der Nacht, beinahe schon Schichtende, als ein Anruf für mich weitergeleitet wurde. Domina Babsi war am Apparat, eine alte Bekannte, die sich auch ab und zu im Club herumtrieb und sie klang hysterisch.

Was muss man machen, um eine Domina hysterisch werden zu lassen?, ging mir durch den Kopf, bevor eine gemeine Stimme in mir meinte: *Wenn sie jeden Tag gut Prösterchen macht und ab Mittags granatendicht ist, wie dicht ist sie dann erst jetzt?*

Ich brachte meinen inneren Dialog zum Verstummen und konzentrierte mich auf das aufgeregte Gestammel.

»Mir ist der Käfig umgefallen«, war das einzige, was ich auf Anhieb verstand.

»Dann stell ihn doch wieder auf«, meinte ich, ganz der Logik folgend.

»Da ist doch einer drin!«, schluchzte sie und erklärte:

Gegen 23 Uhr hatte sie den Anruf eines Klienten bekommen. Er wollte über Nacht im Käfig gehalten werden. Obwohl beide gut abgefüllt waren, hat sie ihm diesen Wunsch erfüllt und ihn, als er endlich bei ihr im Studio war, nackt in den Käfig geschlossen. Dabei hätte sie ihn gebührend beleidigt und beschimpft und während sie ihn rüber ins »Wohnzimmer« geschoben hat, leider nicht aufgepasst.

»Und dabei ist mir der Käfig zur Seite gefallen.«

»Dann lass den Typen doch erst einmal raus«, schlug ich vor.

»Geht nicht. Das war die Seite mit dem Schloss und der Schlüssel ist abgebrochen.«

»Ich komm!«

Zwanzig Minuten später war ich bei Babsi und sah mir das Malheur aus nächster Nähe an. Der halbnackte Klient hatte einige Blessuren abbekommen, zeterte zwischendurch, wurde aber immer wieder von den Erniedrigungen der Domina im Schach gehalten. Einzig seine Finger sahen nicht so gut aus. Sie waren bei dem Sturz zwischen die Stäbe und den Boden geraten und von seinem eigenen Gewicht ziemlich gequetscht worden.

Sie sahen genauso verbogen aus, wie das Schloss. Keine Chance, es zu öffnen.

Und auch das Aufstellen des Käfigs erwies sich als unmöglich. Dafür wog der Kerl einfach zu viel.

Blieb nur noch die Feuerwehr.

Den Anruf überließ ich nur zu gerne der Babsi. Es war schließlich ihr Studio, ihr Käfig und ihr Klient. Und ich war eigentlich nicht einmal anwesend.

»Guten Abend!«, hörte ich sie in den Hörer trällern. »Mir ist da so ein Käfig umgefallen und jetzt kriege ich den Kerl nicht raus.«

»Was für ein Käfig?«

Ich nickte. Dankbar dafür, dass sie das Gespräch auf »laut« gestellt hatte.

»So einen Scheiß-SM-Käfig. Und da liegt so ein Penner drin, der dafür Kohle bezahlt.«

»Verstehe! - Und ihre Adresse?«

Bereitwillig machte Babsie ihre Angaben und innerhalb weniger Minuten war der Rieseneinsatz da. Alle Löschzüge der Stadt und alle diensthabenden Einsatzkräfte kamen »zum Gucken« vorbei. Um den verletzten und frierenden Klienten zu befreien waren nämlich wirklich nur drei Jungs notwendig.

Einer zum Schleifen, zwei zum Kühlen und Halten.

Aber Neugierde ist nun einmal menschlich. Besonders, wenn es sich um ein SM-Zimmer in einem normalen Wohnhaus handelt und drei Löschzüge vor der Tür halten.

Apropos Neugierde:

Neulich hatten wir einen verstopften Gulli auf unserem Parkplatz und Dank des Regens stand der Platz komplett unter Wasser. Wo ruft man wegen so etwas an?

Ich probierte es bei den Stadtwerken.

»Nein, dafür sind wir nicht zuständig. Da müsst ihr bei der Feuerwehr anrufen.«

»Na prima! Für so einen Quatsch kommen die doch nicht raus.«

Natürlich rief ich trotzdem an und wurde zur Hauptleitstelle in der nächsten großen Stadt verbunden. Dort schilderte ich die Situation – inzwischen zum vierten Mal.

»Wie schlimm ist es denn?«

»Unser Parkplatz steht unter Wasser.«

»Wo sind sie denn?«

Ich nannte dem freundlichen Herren unsere Straße.

»Wie heißt denn die Firma?«

Ich nannte unsere korrekte und komplette Firmenbezeichnung.

»Ach so. Ja dann …«. Kurz konnte man eine leichte Irritation in der Stimme des freundlichen Mannes hören, dann hatte er sich wieder gefangen und meinte ganz professionell: »… ich schick sofort jemanden vorbei. Machen sie sich keine Sorgen. Wofür gibt es schließlich die Feuerwehr!«

Wenig später standen 5 Feuerwehrwagen und alle Männer, die irgendwie mitfahren konnten, bei uns vor dem Club. 20 Männer begutachteten unseren Parkplatz, meinten, es wäre nicht so schlimm, machten den Gulli wieder fit und kamen schließlich auf eine Cola zu uns in den Laden rein.

So erfuhr ich dann auch im Plaudern, dass die Einsatzkräfte nicht zufällig alle in der Nähe, sondern über den Piepser alarmiert worden waren, nur weil WIR es waren. Neugierde ist nämlich sogar ziemlich ansteckend.

33. SM-Impressionen mit Süd-Europäern

Ein Schrei schreckte mich auf, als ich gerade die »Verteil«-Schicht hatte. Eigentlich ein sehr angenehmer Job, bei dem man nur aufpassen musste, dass in die Pärchenräumen auch wirklich nur Pärchen zum Vergnügen hinein gingen – und vor allem gemeinsam wieder herauskamen.

Doch der schrille Ton klang nicht wie Pärchen oder gar nach Vergnügen.

Ich sprang von meinem Stuhl und hetzte gen Spielwiesen, auf der Suche nach dem weiblichen Ursprung des Geräusches. Stattdessen kam mir Mehmet entgegen und rannte mich beinahe über den Haufen. So wie er aussah, war er eindeutig auf der Flucht.

»Die Frau ist Furie, Howard«, meinte er, als er mich erkannte und zog mich in eine Nische. Gerade noch rechtzeitig, denn ein Stiefel flog nur knapp an uns vorbei.

»Was hast du gemacht?«

»Ich, nix habe ich gemacht.«

Ein zweiter Stiefel prallte an die Wand und der Querschläger streifte unseren Premium-Türken am Oberarm.

»Für nix ist sie aber ganz schön wütend.«

Zum Glück waren der Dame die Schuhe ausgegangen und an ihren leiser werdenden Flüchen konnte man erkennen, dass sie den Rückzug antrat.

»Die Alte mag SM – sachtse mir vorher. Ich sach okay, hab ich verstanden. Wir sind also voll dabei und es ist auch wirklich toll. Sie so: »Fester. Ja, mehr.« Ich hau ihr also voll krass auf den Arsch, reiße ihr ein bisschen an ihren Haaren – und da flippt die voll aus.«

»Du haust ihr also mitten beim Sex ohne Vorwarnung voll krass auf den Arsch, enthaarst die Dame und wunderst dich, warum sie dich nicht mehr zum freudigen Orgasmus bringt?«

»Hat doch gesagt, sie mag SM.«

»Aber SM ist doch nicht einfach so den Arsch versohlen.«

»Aber klar. Ist Arsch verhauen. Macht geil.«

»Nein, macht gar nicht geil. Macht wütend.«

Mehmet schaute mich mit großen Augen an – wie ein Kind, dem Weihnachten gestohlen worden war. Trotzdem konnte ich den Restzweifel in einer kleinen Ecke seines Glaubens lauern sehen.

Denn wenn ich eines in den Jahren gelernt hatte: SM ist für die Leute aus dem Morgenland eine fremde Kultur. Sie haben einfach keinen Bezug dazu. Zwar finden sie es toll, Frauen im Club den Arsch zu versohlen, aber es macht sie nicht sexuell heiß.

Und wie um meine Meinung zu bestätigen, meinte Mehmet just in diesem Moment: »SM is gut gegen Depressionen. Da wird Glückshormon ausgeschüttet. Is gut.«

»Mag ja sein, aber das war kein SM.«

»Doch, war SM. Hilft gegen alles mögliche. Gegen Depressionen.«

»Frauen verprügeln ist nicht therapeutisch.«

»Ich habe sie nich verprügelt. Das war SM.«

»War es nicht.«

»War es doch.«

»Mehmet?«

»Haust du noch einmal eine Frau gegen ihren ausdrücklichen, in dieser Sekunde geäußerten Wunsch in meinem Club, schmeiße ich dich SM-mäßig raus.«

Mehmet verstand nicht, akzeptierte aber. Irgendwie.

Genereller Hinweis:

SM ist immer eine Gradwanderung. Gerade in einem Club. Denn streng genommen gibt es Körperverletzung mit Einwilligung nicht. Alles was in solch einem delikaten Rahmen geschieht ist somit möglicherweise eine Straftat. Wenn sich also jemand in unserem Club den Arsch versohlen lässt und dann zur Polizei geht und sagt, er wäre bei uns verprügelt worden und die Spuren zeigen kann, hat man als Anbieter echte Probleme am Hals.

34. Die unheimliche Blasbox

Eines meiner Lieblingsräume im Swingerclub ist die Blasbox, auch bekannt als »Schwanzwand« oder »Glory Hole«. Auf der einen Seite stehen Männer, die ihren Penis durch die Löcher in der Wand stecken und auf der anderen Seite … da steht oder sitzt jemand, den diese Männer nicht sehen können und der …

… ja genau, da sind wir schon bei der zweiten möglichen Variablen in der Gleichung.

Du steckst dein Ding da rein und hoffst, dass etwas Schönes passiert. Eine Frau meisterlich auf der Flöte spielt, dich verwöhnt und liebkost. Die meisten dieser Dinge spielen sich in deinem Kopf ab. Deine Fantasie macht den größten Teil der Arbeit und die Reibung von der anderen Seite erledigt den Rest.

Denn … meistens ist hinter der Wand gar keine Frau! Eigentlich so gut wie nie. Oder um die Quote zu verdeutlichen: Ungefähr zweimal im Monat sehe ich eine Frau, die in dem Raum hinter der Wand ist. Meistens eine spontane enthemmte Dame, die den Männern etwas Gutes tun möchte.

Farb-Autogramme am Glied, getröpfeltes japanisches Heilöl oder Haarfärbemittel. Hilfsmittel für die Blasbox? - Ungelogen ist all das schon vorgekommen. Selbst Mausefallen sollen schon an Nillen gehangen haben. Leck mich am Arsch …

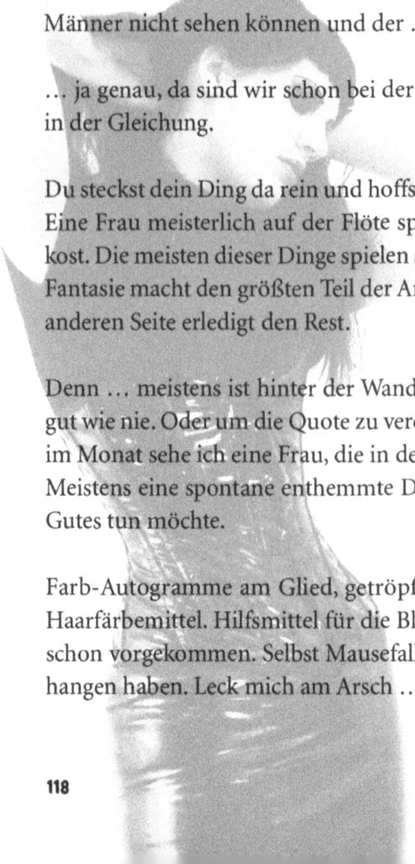

Aber auch die andere Seite – die des Bläsers – ist nicht ganz ungefährlich. Da ist ein Schwanz mit Schwung an die Rübe geschlagen bekommen noch harmlos. Aber es gibt auch Herren der Schöpfung, die einfach mal provokant Wasser lassen, nachdem sie ihren Pimmel durch das Loch gesteckt haben.

Da finde ich dann Farb-Autogramme, Rheumasalben und Haarfärbemittel als Rache vollkommen legitim. Die Blasbox ist eben unkontrollierbar und man kann sich auf beiden Seiten nur darauf verlassen, dass die andere Seite sich an die Grenzen des guten Geschmacks hält und dieselben Fantasien hat, wie man selbst.

Mehrmals im Monat haben wir sogar echte Prominenz in der Box. Sie kommen meist recht früh, um nicht erkannt zu werden und ziehen sich sofort in die Box zurück. Die ist abschließbar und so kann man sich den ganzen lieben langen Abend Pimmel in allen Varianten ansehen, berühren, benutzen und verwöhnen.

Merksatz für unsere Blasbox-Freunde: Wenn es am Pimmel kratzt und einen Schnurrbart hat, ist es aller Wahrscheinlichkeit nach ein Kerl! – Bei 50% Toleranz könnte es sich auch um eine Transe handeln, die einfach schlecht rasiert ist.

35. Diebstahl & Nepp …
wer ist wohl der Depp?

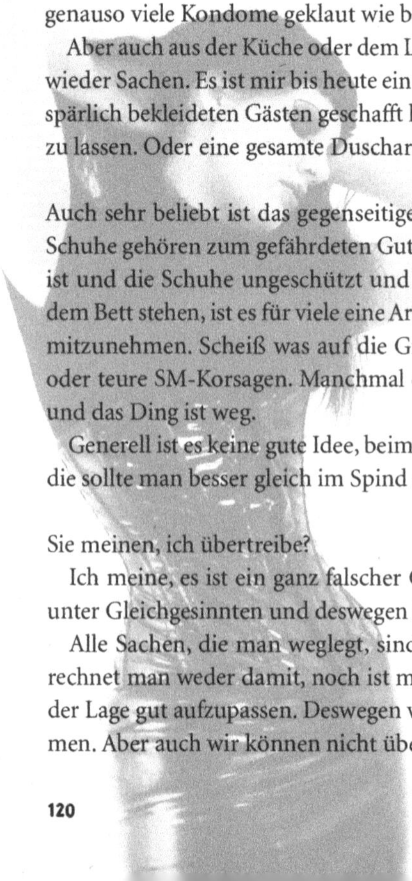

In einem Club wird alles geklaut, was man sich denken kann: Seife, Duschen (also z. B. die Duschköpfe), Gleitcreme, Bodylotion (Unmengen an Bodylotion) und Kondome. In etwa kann man sagen, dass genauso viele Kondome geklaut wie benutzt werden.

Aber auch aus der Küche oder dem Lager verschwinden immer mal wieder Sachen. Es ist mir bis heute ein Rätsel, wie es jemand von den spärlich bekleideten Gästen geschafft hat, 30 kg Kartoffeln mitgehen zu lassen. Oder eine gesamte Duscharmatur.

Auch sehr beliebt ist das gegenseitige Klamottenklauen. Vor allem Schuhe gehören zum gefährdeten Gut. Wenn die Frau auf der Matte ist und die Schuhe ungeschützt und unbewacht vor der Tür oder dem Bett stehen, ist es für viele eine Art Herausforderung, sie einfach mitzunehmen. Scheiß was auf die Größe. Aber auch Unterhosen oder teure SM-Korsagen. Manchmal dauert es keine zehn Minuten und das Ding ist weg.

Generell ist es keine gute Idee, beim Duschen die Uhr abzulegen – die sollte man besser gleich im Spind des Umkleideraums lassen.

Sie meinen, ich übertreibe?

Ich meine, es ist ein ganz falscher Gedanke, zu glauben, man sei unter Gleichgesinnten und deswegen klaue hier niemand etwas.

Alle Sachen, die man weglegt, sind latent gefährdet. Schließlich rechnet man weder damit, noch ist man auf dem Gipfel der Lust in der Lage gut aufzupassen. Deswegen versuchen wir das zu übernehmen. Aber auch wir können nicht überall sein.

Beinahe so schön, wie das heimliche Stehlen, ist das öffentliche Klauen.

Es beginnt meist mit dem Streit eines Pärchens. Die beiden trennen sich dann »im laufendem Clubbetrieb«. Sie will weg, aber er braucht noch Sachen aus dem Auto. Also gibt sie ihm den Schlüssel. Er haut mit dem Auto ab.

Leider wohnt sie 200 km weit entfernt ...

Mit etwas Glück wird er mit ihrem Auto von der Polizei aufgegriffen und sie kann zusehen, wie sie nach Hause kommt.

⊕

Genauso beliebt ist die Variante, sich über eine Internetplattform mit jemandem zu verabreden. Ist meist billiger und amüsanter, als allein in einen Club zu gehen.

Wenn alles gut geht.

Also ... die Mädels lassen sich von zu Hause abholen und gehen dann mit dem Typen in den Club. Weil sie ja gemeinsam als Pärchen kommen und zahlen, bekommen sie auch nur einen Spindschlüssel. Zwei Stunden später wundern sich die Mädels dann, warum ihr Handy und ihre Handtasche mit Geldbörse und allem drum und dran verschwunden ist. Sie waren nur kurz auf der Toilette und der Typ räumt alles leer und verschwindet ... im schlimmsten Fall noch mit den »normalen« Alltagsklamotten.

Die nachfolgende Ermittlung der Polizei kann sich jeder selbst vorstellen.

Mädel: »Ich kenn den aus dem Chat.«

Polizei: »Welcher Chat und wie hieß er?«

Mädel: »Mal überlegen: Lusttuten-Chat? War das Superschwanz30 oder Poppers69?«

Deshalb hier ein Rat in eigener Sache: Den Spind sollte man sich nur mit jemandem teilen, den man kennt und dem man vertraut.

36. Escort & ähnliches

Aber es gibt auch die »berufsmäßige« Clubbegleiterin mit besonderen Ambitionen, nennen wir es Special-Escort oder aber trickreiche Erschleichung von Leistungen. So eine Dame wollte bei uns anheuern und so setzte ich mich informativ mit ihr in Kontakt.

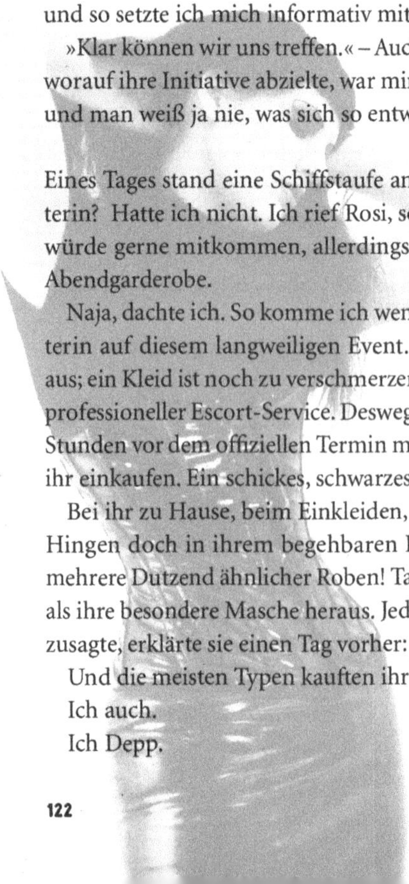

»Klar können wir uns treffen.« – Auch wenn ich nicht genau wusste, worauf ihre Initiative abzielte, war mir der Zeitvertreib willkommen und man weiß ja nie, was sich so entwickeln kann.

Eines Tages stand eine Schiffstaufe an. Hatte ich schon eine Begleiterin? Hatte ich nicht. Ich rief Rosi, so hieß die gute, einfach an. Sie würde gerne mitkommen, allerdings mangele es ihr an geeigneter Abendgarderobe.

Naja, dachte ich. So komme ich wenigstens zu einer netten Begleiterin auf diesem langweiligen Event. Ihr Bild im Internet sah nett aus; ein Kleid ist noch zu verschmerzen und sicher preiswerter als ein professioneller Escort-Service. Deswegen verabredete ich mich einige Stunden vor dem offiziellen Termin mit ihr und ging gemeinsam mit ihr einkaufen. Ein schickes, schwarzes Kleid zu 150 €.

Bei ihr zu Hause, beim Einkleiden, wurde es dann ganz komisch. Hingen doch in ihrem begehbaren Kleiderschrank offensichtlich mehrere Dutzend ähnlicher Roben! Tatsächlich stellte sich das Ganze als ihre besondere Masche heraus. Jedes Mal, wenn sie einen Termin zusagte, erklärte sie einen Tag vorher: »Ich habe nichts anzuziehen.«

Und die meisten Typen kauften ihr dann einfach etwas …

Ich auch.

Ich Depp.

Nun hatte ich ausnahmsweise überhaupt keinen schmutzigen Hintergedanken gehabt, hatte mir keine heßse Nummer nach der Taufe erhofft, sondern hatte nur verschiedene Interessenlagen gebündelt.

Rosi wirkte nun nicht wirklich wie eine Prostituierte, obwohl sie ihre gesamte Swingerei ähnlich finanzierte. Statt Geld gab es Klamotten, die Eintritte für Clubs wurden generell von den Herren übernommen und Gegenleistungen gab es nur bei »guter Laune«. Weder sittenwidrig, noch kriminell.

Aber auch die »richtigen« Escort-Damen sind in Clubs unserer Größe recht zahlreich vertreten. Sei es von der teuren professionellen Agentur oder aber »Independant« (unabhängig), was in Bezug auf Steuer und Finanzamt ungeahnte Möglichkeiten bietet.

Geht es Damen wie unserer »Rosi« eher um essen, trinken und nen neuen Fummel, haben die anderen Damen neben diesen Annehmlichkeiten durchaus die Schekel im Blick und die Tarife reichen dabei bei der Clubbegleitung vom Fuffi für Milf Cindy bis hin zum Tausender für Romana aus Sizilien. Da erinnere ich mich gerade an Norbert, einen Swinger der ersten Stunde und langjährigen Stammgast, dem zum Glück nur eines fehlte: die Frau oder Begleiterin. Denn als einzelner Herr will er nicht »kommen«, bzw. erscheinen. Das verbietet ihm sein, woher auch immer resultierender, Stolz. Nun ist Norbert wahrlich kein Adonis und so waren seine Annoncen im Joyclub und im Sexanzeiger leider totale Flopps.

Für eine Agentur war er zu geizig und so entwickelte er ein ganz eigenes System der Lady-Akquise: Es setzte sich in Bahnhofskneipen und an den Busbahnhof und sprach wildfremde Frauen an. Er bot ein leckeres Abendessen, freie Getränke und einen zusätzliche Obulos von 50 € an, einfach so, ganz ungeniert. Von sexuellen Ambitionen distanzierte er sich, ihm ging es um das »Reinkommen« bei Pärchen-Events, wo er sich meistens sogar an sein heres Versprechen hielt.

Nun muß ich sicher nicht erzählen, welche Schabracken unser Freund immer wieder im Geleit hatte. Von der Bahnhofs-Stricherin bis hin zur versoffenen Hausfrau, gab es fast nichts, was er uns nicht als »Begleitung« servierte. Das ging dann irgendwann wirklich zu weit, da es die Atmosphäre merklich störte.

Nach einer Verwarnung wechselte er dann sein System und schrieb auf Kontaktanzeigen diverser Hobbyhuren, die vom Tarif her günstiges als die Agenturen waren und den »privaten« Charakter noch besser vorspiegeln konnten. Das er dabei ebenfalls ständig »Schiffbruch« erlitt, sei hier nur kurz erwähnt. Dies war aber weniger Wink des Schicksals, als angewandte Dämlichkeit des Hauptakteurs.

37. Pfui - Der Koks-Penis

Drei Tage nach dem Desaster mit meiner Teilzeit-Begleiterin und den mehr oder weniger vergeudeten 150 Euro für ihr Outfit, war ich gegen 23 Uhr fertig. Mit der Arbeit, aber auch durchaus im übertragenen Sinne. Ersteres war ein Wunder, denn wir hatten Wochenende und ich sonst eigentlich immer Schicht bis zum bitteren Ende – Zweiteres meinem Schlafverhalten geschuldet.

»Ich wünsche Euch noch einen schönen Abend und …«

»Ich glaube, ich habe einen Kreislaufzusammenbruch«, verkündete die Blondine, die eben aus den unteren Räumlichkeiten gen Bar gekommen war und sackte mehr oder weniger auf dem Stuhl zusammen, von dem ich eben aufgestanden war.

Nur mühsam verkniff ich mir einen herzhaften Fluch und sah mich nach einer versteckten Kamera um. Es gab keine.

»Mädel, was ist los?«

Da sie nur etwas leises murmelte und noch tiefer auf dem Stuhl zusammensackte, griff ich nach ihrer Hand und prüfte ihren Puls. Sie hatte noch einen. Erfreulich.

»Mein Gesicht ist …«

»Was ist mit deinem Gesicht?«

»Taub.« Sie schien Probleme zu haben, ihre Lippen richtig zu bewegen.

»Hast du irgendetwas genommen?«

»Nein.«

»Getrunken?«

»Zwei Gin-Tonics.«

»Hast du sie aus den Augen gelassen?«

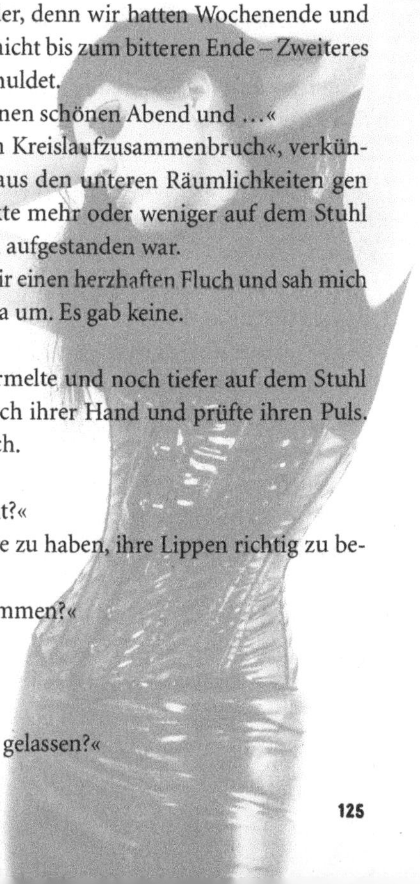

»Häh?« Sie sah auf und ihr Gesichtsausdruck war genauso leidend, wie sie klang.

»Ab und zu kommt es vor, dass ein Herr meint, KO.-Tropfen einsetzen zu müssen …«, erklärte ich. Und sie sah ehrlich gesagt schon sehr KO. aus.

»Ne… Mir ging es gut, bin mit diesem ägyptischen Typen auf die Matte und war auch alles ganz prima.« Sie verdrehte die Augen. »Hatten Spaß, hab ihm einen geblasen, aber der schmeckte komisch. Dann haben wir gefickt und dann ist mein Gesicht taub geworden …«

»Hat komisch geschmeckt – Der Pimmel?«

Sie zuckte mit den Achseln. Ich nicht. Ägypter waren für ihre Sauberkeit im Club bekannt und wenn an denen etwas komisch schmeckte, dann kam das sicher nicht von ungefähr.

Ich nickte einem unserer Securitys zu, der hinter dem Tresen Position bezogen hatte. Wenig später hatten wir den Verdächtigen lokalisiert und die Bestätigung des Mädels bekommen. Wir hatten den Richtigen.

»Haltet die Umgebung frei von Gästen!«, instruierte ich das Personal und wies nur einen der Männer an, bei mir in der Nähe zu bleiben.

»Entschuldigung. Kann ich dich kurz sprechen?« Ich legte dem Ägypter meine Hand auf die Schulter. Da ich sehr groß und eher wuchtig bin, war dem schmächtigen Besucher vermutlich sofort klar, dass es sich nicht um eine reine Bitte handelte. Auf jeden Fall folgte er mir ohne Aufsehen zu erregen.

Sekunden später waren wir in der kleinen Ruheinsel angekommen, die gästefrei und ruhig war. Ich hielt an. »Lass es uns kurz machen: Was hast du dir auf den Pimmel gemacht?«

»Bitte?«

»Da ist ein Mädel, das sagt, Dein Riemen hätte komisch geschmeckt, danach bekommt sie ein taubes Gesicht und bricht beinahe zusammen … Also?«

»Ich hatte nur Gleitcreme drauf. Vielleicht war sie allergisch?«

»Unsere Gleitcreme ist antiallergisch.«

»Ich habe meine eigene. Mit jeminitischer Heilerde«

»Was für ein Zeug? - Wo ist die?«

»Im Spind.«

»Dann lass uns sie mal holen gehen, dann können wir das überprüfen.«

»Nein.«

»Pass auf, mein Freund: So, wie ich das sehe, hast du hier zwei Möglichkeiten. Entweder du sagst die Wahrheit und zahlst dem Mädel ein Schmerzensgeld oder wir rufen jetzt die Polizei und schauen mal, welche Droge die auf dem edelsten Teil ausfindig machen. Könnte ne schwere Körperverletzung sein!«

»Ich …«

»Jaaaa?«

»Zweihundert Euro?«

»Mach fünfhundert draus. Die Kleine hätte draufgehen können.«

»Fünfhundert und sie verzichtet auf eine Anzeige?«

»Und wir auch – es gibt aber lebenslanges Hausverbot!«

»Aber das ist …«

»Pass auf, Freundchen, bei Koks auf dem Pimmel verstehe ich keinen Spaß mehr. Du hast jemandem gegen sein Wissen und gegen seinen Willen eine Droge verabreicht! – Heilerde? – Noch was dämlicheres habe ich hier noch nie gehört.«

»Ich …« Er atmete tief ein. »Fünfhundert sind okay.«

Und so verbrachte ich meinen Feierabend damit, eine Clubbesucherin und einen Typen mit schickem Hausverbotsfoto zu einem Geldautomaten zu fahren – aber immerhin war das Mädel am Ende des Abends sehr glücklich.

Als der Koks-Penis ausgestiegen war, musste ich noch eine kleine Inquisition überstehen: »Sag mal, Howard … du hattest vorhin gesagt, dass Typen manchmal im Club KO-Tropfen benutzen. Das verstehe ich nicht … die Frau ist doch schon im Swingerclub.«

Ich zuckte mit den Achseln. Ich verstand weder die Aktion mit dem Koks, noch Leute mit KO-Tropfen. Nicht wirklich, auch wenn ich die Argumente kannte.

»Aber nicht jede Frau will vielleicht mit dem Typen schlafen. Und manche stehen einfach auf Leichenficken. Bei uns gibt es genauso Drogen wie bei allen Formen von großen Parties.«

»Seid ihr haftbar?«

»Nö, wir verkaufen die ja nicht und erlauben ja auch keinem, sie zu nutzen oder zu verteilen.«

»Aber ihr seid doch Veranstalter.«

»Ja, aber das ist das normale Risiko. Klar, wenn wir einen erwischen, müssen wir etwas unternehmen und ihn anzeigen ...« Sie lachte leise, unterbrach mich aber nicht. »... und wir können nachweisen, dass wir sehr viel unternehmen, um den Drogen bei uns keine Chance zu geben.« - Und nur in Gedanken fügte ich hinzu: Trotzdem finden wir sehr häufig Koksrückstände oder Viagra-Blister.

38. Ohnmacht ... einmal anders

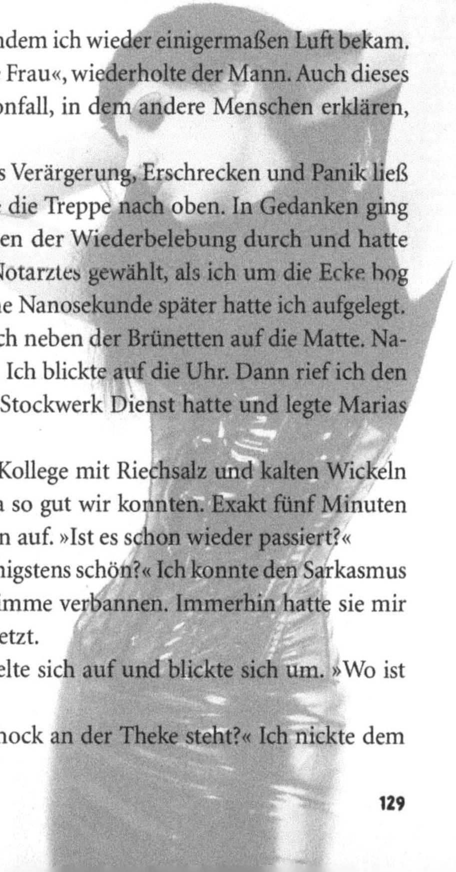

»Da oben liegt eine tote Frau!«

Ich verschluckte mich an meinem Bier und konnte mich nur mit Mühe so weit zusammenreißen, nicht über die komplette Theke zu husten.

»Bitte?«, fragte ich, nachdem ich wieder einigermaßen Luft bekam.

»Da oben liegt eine tote Frau«, wiederholte der Mann. Auch dieses Mal benutzte er einen Tonfall, in dem andere Menschen erklären, dass es regnet.

Mit einer Mischung aus Verärgerung, Erschrecken und Panik ließ ich ihn stehen und hetzte die Treppe nach oben. In Gedanken ging ich schon die Maßnahmen der Wiederbelebung durch und hatte schon die Nummer des Notarztes gewählt, als ich um die Ecke bog und die tote Frau sah. Eine Nanosekunde später hatte ich aufgelegt.

»Maria?« Ich kniete mich neben der Brünetten auf die Matte. Natürlich reagierte sie nicht. Ich blickte auf die Uhr. Dann rief ich den Kollegen, der im oberen Stockwerk Dienst hatte und legte Marias Beine hoch.

Wenig später kam der Kollege mit Riechsalz und kalten Wickeln und wir versorgten Maria so gut wir konnten. Exakt fünf Minuten später schlug sie die Augen auf. »Ist es schon wieder passiert?«

»War der Orgasmus wenigstens schön?« Ich konnte den Sarkasmus nicht ganz aus meiner Stimme verbannen. Immerhin hatte sie mir einen Heidenschreck versetzt.

»Muss wohl.« Sie rappelte sich auf und blickte sich um. »Wo ist denn Marius?«

»Der Typ, der unter Schock an der Theke steht?« Ich nickte dem

Kollegen zu. Er konnte wieder seiner normalen Arbeit nachgehen. »Hatten wir nicht einen Deal? Nur noch Sex, wenn jemand dabei ist, der das mit deinen Ohnmachts-Anfällen beim Orgasmus kennt?«

»Aber Hans hatte heute keine Zeit.« Maria zog ein Schnütchen. Das mochte bei Otto-Normal-Mann wirken, bei mir nicht.

»Warum sagst du es denn diesem Marius nicht vorher?«

»Ich kann doch nicht im Swingerclub zu Leuten sagen »Hei, wenn du mich gleich vögelst und ich komme, werde ich ohnmächtig?!«

»Besser du sagst es vorher, als wenn jemand denkt, der hat die Frau kaputt gefickt.«

»Ein bisschen lustig ist es trotzdem …«, behauptete sie ein wenig kleinlaut.

»Ein bisschen lustig ist es trotzdem!«, bestätigte ich – dann prusteten wir beide los und es dauerte exakt fünf Minuten, bevor wir damit aufhören konnten.

38. Sandra L'Amour ... eine Debütantin läßt es krachen

Es gibt sie, die sehr jungen Paare, die darauf warten 18 zu werden, um unseren Club erstmals besuchen zu dürfen. An einem lauen Sommerabend standen sie auf unserem Parkplatz: Sandra und Ralf, beide 18 Jahre alt und durch eine TV-Reportage auf unseren Club aufmerksam geworden. Unschlüssig beobachteten sie die Paare und Einzelpersonen, die vom Parkplatz in den Club drängten. Schwellenangst, irgendwie normal.

»Hallo Ihr Lieben.«

»Hi, gehören Sie zum Haus?«

»Ja, zufällig. Warum kommt Ihr nicht rein?«

»Wir haben einen Gutschein aus dem Internet, aber trauen uns nicht so richtig. Die Leute sind alle älter.«

»Kein Problem, ich komme mit rein und zeige Euch alles.«

Dieses Angebot nutzten die Beiden gern und ich brachte sie zur Kasse und anschließend in den Umkleidebereich. Danach sah ich das nette Pärchen im Bistro in angeregtem Gespräch mit unserem Vertrauens-Paar. Gewöhnlich nutzt man den Erstbesuch zum vorsichten Erkunden, ohne dass wirklich etwas erotisches geschieht. Ich hielt die Beiden beim Vertrauenspaar gut aufgehoben und widmete mich anderen anliegenden Aufgaben. Als ich im späteren Verlauf des Abends in die Disco ging, kam mir ein etwas aufgelöster Junggast Ralf entgegen. »Sag mal, hast Du Sandra gesehen?«

»Nein, ich war im Büro. Habe keine Ahnung.«

Nun war es an diesem Abend recht voll und da konnte man schon mal leicht die Übersicht verlieren. Ratlos lief der Junge durch den Laden, ich drehte ab in Richtung Lustbereiche. Sicher ist sicher.

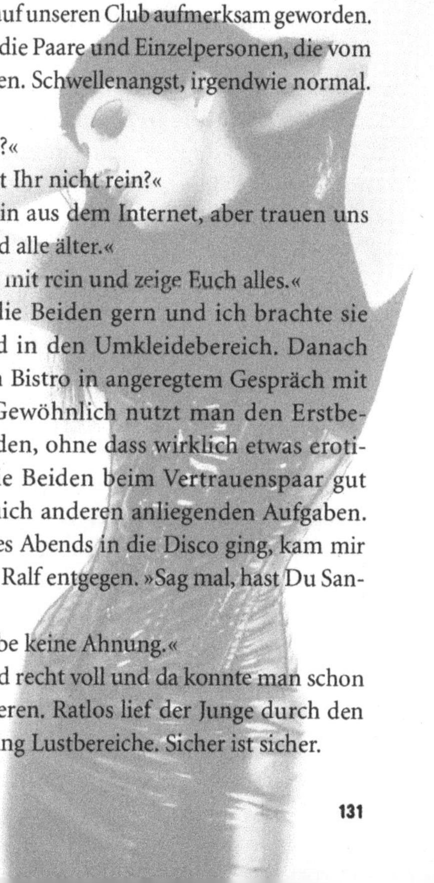

Auf der großen Spielwiese traute ich meinen Augen nicht. Die süße kleine Sandra mitten im Pulk und das mit sichtlichem Vergnügen. 2 Männer links, 2 Männer rechts. Eine richtige Orgie! – Unglaublich, was der Babyspeck da fabrizierte. Da würde der kleine Ralf aber staunen ... oder besser wohl nicht!

Ralf hatte sich nach erfolgloser Suche an der Theke niedergelassen. Traurig schaute er herum und er tat mir schon ziemlich leid.

»Hast Du sie gesehen, Howard?«

Ich wollte alles, nur nicht antworten. »Äh, ja ...«

»Wo denn?«

»Ralf, nicht das Du etwas falsch verstehst. Deine Süsse sieht sich gerade die Lustbereiche an«, entgegnete ich.

»Lustbereiche? Da oben?«

»Ja, da oben. Habt Ihr vorher nicht darüber gesprochen?«

Hatten sie natürlich nicht. Ralf wollte nun gar nicht sehen, was Sandra dort oben machte und blieb mit mir am Tresen sitzen, bis seine Süsse dann die Treppe herunter kam und sich zu uns gesellte.

»Genial, ach du liebe Zeit«, murmelte sie und bestellte sich erst mal einen Gin-Tonic.

»Howard, warum tut sie das?«, fragte Ralf in die Runde.

»Frag Sie selbst ...«

»Schatz, was soll das werden?«

»Was denn?«, fragte Sandra, »ich werde doch noch ein wenig Spaß haben dürfen!« –

»Das kann doch nicht sein!«

Konnte es aber. Sandra hatte – inspiriert durch die besondere Atmosphäre – ihre Leidenschaft entdeckt und darüber – zumindest zeitweilig – ihren Freund Ralf vergessen. Sie liebte Sex, auch Gruppensex, hatte dies aber bislang nie geäußert. Das es beim ersten Mal direkt an die 20 Männer waren, konnte Ralf nun wirklich nicht beruhigen. Er war ein 18-jähriger Romantiker und mit der Entwicklung völlig überfordert. Selbst ich, als Vierziger-Rookie, staunte nicht schlecht und wollte sicher nicht in Ralfs Rolle stecken. Meine eigenen Erfahrungen kamen mir in den Sinn: Auch ich war noch nie ein Freund des Herren-Überschusses, hatte aber auf Wunsch einer Ex diese Disziplin mehrfach erfolglos probiert. Entweder man kann darauf oder eben nicht. Howard teilt weder Autos, Essen, noch Frauen. Basta! – Wie soll das einem 18-jährigen Greenhorn gelingen, der noch von nichts eine Ahnung hat?

»Nächste Woche kommen wir wieder!«, erklärte Sandra und drückte mich intensiv mit glänzenden Augen.

»Gangbang?«

»Ja, warum nicht!«

Ralf schaute abwesend auf die Erde. Ich war mir in diesem Moment sicher, dass er sicher nicht zum Gangbang erscheinen würde. Seine Miene sprach Bände und ich konnte ihn verstehen. Von weiterer intakter Beziehung konnte man nicht mehr ausgehen.

Fazit: Manches »Coming out« kommt überraschend und dann so, das man kaum kontern kann. Wie sagt Murphy: »Alles, was schiefgehen kann, wird auch schiefgehen.« Muß nicht, aber kann. Aber was für den einen »schiefgehen« bedeutet, ist für den anderen die »totale Befreiung«.

Ob sich daraus das etwas abgedroschene Swingermotto »Alles kann, nichts muss« ableitet?

40. Erotikmesse mit Hindernissen ... die Schweiz gibt zu denken!

Warum kann ich bloß nicht einmal »Nein« sagen, wenn man mich um einen Gefallen bittet? – Warum immer ich, und dann noch in einem Land, das schon mehrfach meinen Zorn entfacht hatte, wenn auch immer wieder aus anderem Grund.

Erotika in Zürich, genauer gesagt in der großen Messe-Halle zu Oerlikon, idylisch gelegen, aber doch ein ganzes Stück von unserem Standort entfernt. Die größte Erotikmesse der Schweiz, da wollte mein Chef unseren Stand haben und ich war, als Mann von Welt, mal wieder auserkoren die Sache zu richten. Eigentlich kein Problem, wenn ich nicht zeitgleich mit einer massiven Erkältung zu kämpfen gehabt hätte.

Dienst ist Dienst und bis zur Messe waren es ja noch einige Tage. Wie üblich wurden kurzfristig Prospekte nachgedruckt, der Firmenbus mit allen eventuell benötigten Utensilien bestückt, Standpersonal requiriert und ehe man es sich versah, rollte man mehrere hundert Kilometer gen Süden, wo ich die eidgenössischen Freunde schon herbeisehnte. Cheffe war großzügig, hatte für mich und meine weibliche Standbegleitung ein Doppelzimmer im »Renaissance« am Züricher Flughafen gebucht. 4 Sterne waren mir genehm und versprachen doch eine gewisse Noblesse, abseits des Messe-Geschehens. Bianca war OK und unterhaltsam, da konnte nix anbrennen und Messe ist Messe, nach mindestens 30 nationalen und internationalen Auftritten überhaupt kein Problem für Mr. Chance.

Gegen Mittag erreichten wir mit unserem bunt gelabelten Bus, der uns am Zoll doch einige Schwierigkeiten gemacht hatte, das große Ausstellungsgelände, wo um 17 Uhr die Messe eröffnet werden sollte. Während man in den großen Hallen in Deutschland ohne Parkausweis und Standausweis unmöglich aufs Gelände kommt, überraschte Zürich mit offenen Toren und fehlendem Standbau. Keine Stellwände, aber auch keine Aussteller. Und dies 4 Stunden vor der Eröffnung? – Die Plakate hingen überall in der Stadt, aber in den zugewiesenen Hallen war keine Sau zu sehen. Selbst das Veranstalter-Büro war unbesetzt. Ein Streik? – Kurzfristige Absage? – Egal! - nicht mein Problem! Nach einer weiteren Stunde tauchte dann ein sehr müder Hallenwart auf, der die Ruhe gänzlich weg hatte und der zum Glück über einen Plan verfügte.

»Desch immer su. De Fridach kümmt kiener ...«, plauderte er im Knalltüten-Slang.

Na klasse, so stelle ich mir eine der größten Erotik Messen in Europa vor.

»Kümmt kiener«.

»Laß ihn reden, ich baue auf!«

Nach einer Stunde stand unsere Wand samt Theke am zugewiesenen Platz und nach und nach kam etwas Leben in die Bude. Tatsächlich wurde pünktlich um 17 Uhr geöffnet, obwohl maximal 30% der Stände bezogen war.

So mussten die ersten Besucher über ungelegten Teppich klettern, Stromkabeln ausweichen und mit Verdruß die leeren Plätze betrachten. Bianca kam aus dem Lachen nicht heraus und wirkte in ihrem gewagten Fetisch-Outfit völlig overdressed. Wir vertrödelten den gesamten Freitagabend, ohne das sich wesentliches tat.

Die Besucher waren »anders«, beäugten uns merklich als Fremdlinge, konnten aber gewisse Übergriffe nicht vermeiden. So überraschte Bianca gleich zu Beginn einen Herren, der sich neben unserem Stand versteckt hatte und mächtig dem Taschen-Billiard frönte. Darauf fesch angesprochen, rannte dieser wie von der Tarantel gestochen, mit halbgesenkter Seppelhose in die Hallen-Toilette, wo er mehrere Stunden verweilt haben muss. Auch Prospekte wollte in der Schweiz niemand, zudem wurde unser Gratis-Sekt verschmäht.

»Sag mal, haben wir die Krätze?«, fragte ich einen mir bekannten Aussteller, den ich in der Halle zufällig entdeckt hatte. »Ne Howard, die Schweizer sind mißtrauisch. Im ersten Jahr haben die mich auch gemieden. Mußt erst mal Vertrauen aufbauen, so dämlich das klingt.«

Na toll … mir lag an Effizienz und überhaupt nicht an jahrelangen Vorbereitungs-Messen, bis Urs und Rütli mich mögen und bereit sind unsere Prospekte anzusehen und unseren Sekt zu trinken.

Also Strategie 2: Provokation!

Ich überredete Bianca zu einer kleinen Show. Sie hatte seit einem halben Jahr prächtige neue Titten und überhaupt keine Hemmungen, diese mal markant zu zeigen. Ich drehte den Spot, schaltete unsere Sound-Anlage an und Bianca begann sich auf unserem Kunden-Sofa zu räckeln. Titten raus, Beine hoch … schön lassiv räkeln! Bingo! … ???

Nix Bingo, wieder keine Reaktion, eher Entsetzen bei den Schweizern!

»Wasch isch desch?«, fragte ein freundlicher älterer Eid-Genosse, der sich dann doch traute.

»Show. Erotik-Show, oder?«

»Ah ja … scheee. Haschte ein Gola?«

»Freili.«

In Ermangelung sonstiger sozialer Kontakte nahm ich mich des Knaben an, der in den kommenden 3 Stunden literweise »Gola« von mir bekam, diese auf einen Deckel schreiben ließ und es sich auf einem unserer Bar-Hocker bequem machte. Er sprach fast nichts, wippte mit den Füssen, fiel aber nicht weiter auf. Wenn es mir langweilig ist, setze ich schon mal einen nach und so fiel mir spontan ein alter Nachtbar-Spruch ein: »Darf die Dame denn etwas mittrinken?« – ich deutete auf die verblüffte fast eingeschlafene Bianca und präsentierte Emil, so hieß der Gast, eine Flasche Sekt Club-Hausmarke.

»Jo … freili.«

Dem Sekt erging es wie der »Gola«: Bianca mußte 2 Flaschen trinken und kam dadurch mächtig aus dem Takt. Kein Wort von Emil, außer diesem blöden »Jo … freili.«

Gegen 23 Uhr leerte sich die Halle bereits wieder und je mehr es dem Ende zuging, desto müder wurde ich. Nach 6 Stunden Anfahrt, dem Aufbau und dem langweiligen Abend kein Wunder. Ich begann gerade meinen Koffer zu packen, als mir Emil winkte. »Ein Gola?«

»Nein danke«

»Was dann?«

Emil drehte nervös den Kopf, vermied es in Richtung Bianca zu schauen und brüllte dann plötzlich »FICKEN«. Ich wußte nicht, wie ich reagieren sollte und drehte mich zur Wand.

»Jo … ficken …«

Was sollte das nun bedeuten? – Hatte der Vogel einen Gola-Rausch oder war ihm von selbst eine Sicherung gesprungen. Welcher normale Mensch verwechselt einen gut beleuchteten Messe-Stand mit einer intimen Nachbar? Biancas Titten waren längst wieder gut verpackt und sie hatte sicherlich überhaupt keine Anstalten unternommen den lustigen Herrn zu animieren.

»Alle drie … zsamme ficken, oder?«

Noch besser, ich sollte gleich mitmachen und das am besten an Ort und Stelle. Während Emil plötzlich wie ein wilder Stier vorpreschte, war ich gelähmt.

»Alle drie? Ich mag Manner!«

Na klasse … auch das noch. Die vorbeigehenden Besucher schauten verwundert, als unser Emil plötzlich die Hosen fallen ließ und versuchte mich auf den Mund zu küssen. Weißes Handtuch, Howard muss die Leine ziehen, sonst geht hier gewaltig was in die Hose. Geradezu diabolisch Emils Gesicht. Da ich seinen Kuss abwehren konnte, stürzte er sich nun auf Bianca und warf sie rückwärts auf's Sofa, um sie sofort an die Titten zu grapschen. Aha, willkommen im Selbstbedienungsladen! – Vergessen die Manieren, die Hose am Boden, meine Kollegin in Notlage. Keine Chance, ich musste den Kerl packen und recht unsanft zu Boden bringen.

»Hilfe … Hilfe …. Polizi!« Als wäre es nicht schon übel genug, rief der enthemmte Vogel nach der Staatsmacht, die dann auch prompt erschien. »De Polizi«.

Zum Glück hatten Passanten das Spektakel beobachtet, sonst hätte die Sache eine neuerlich dummer Wende gehabt, denn die »Fremden« waren auch hier wieder mehr als verdächtig. Obwohl die Gendarmen starkes Mitgefühl für den Landsmann entwickelten und irgendwie auch nicht verstanden, dass sie nicht in einem Nachtclub waren, führten sie doch herbei, dass Emil den gewaltigen Deckel bezahlte und dann seines Weges ging.

Was für ein Abend! – Was man jahrelang nicht im Club erlebt, bekommt man in der Schweiz auf der öffentlichen Messe gratis. So war es auch nicht verwunderlich, als wir am nächsten Tag erfuhren, dass die Chefärztin einer Züricher Klinik in einem Messe-Massage-Studio der Prostitution überführt und von besagter »Polizi« in Handschellen abgeführt worden war.

Zum Glück hielt das Hotel, was es versprach und die Erholung war dringend nötig, da uns weitere einschneidende Ereignisse erwarteten, von denen wir zu diesem Zeitpunkt aber noch nichts wissen konnten.

Messetag 2. Rappelvoll. Kein Durchkommen. Wir waren zu spät, da wir nicht mit pünktlichem Beginn gerechnet hatten. Am Stand die Überraschung: Thilo! – Wo zum Teufel kommt der jetzt her? – Er und seine Frau reisen viel, sind auf vielen Conventions, aber für Zürich hatte ich ihn nicht gesetzt. Thilo, Anita und Sarah. Ein gefährliches Trio, wenn es darum geht, Schwung in die Bude zu bringen oder aber für Aufmerksamkeit zu sorgen. Eine gewisse Peinlichkeit nie ausgeschlossen, eher programmiert.

»Howie, wir machen Party!« – Eine Drohung, eine klare Kampf-Ansage aus Thilos Mund.

»Der Thilo ist super drauf und kann die Schweizer net leiden«, betonte Anita und dies in einer Lautstärke, die einer Hallen-Durchsage nah kam. » Gell Thilo, die sind komisch«, fuhr sie fort, ohne mit der Wimper zu zucken.

Und in der Tat: Thilo begann sofort Grimassen zu schneiden, wildfremden Menschen den Vogel zu zeigen und im Flur gewagt zu tanzen. Promotion konnte ich vergessen, ich hatte die liebe Not den Kollegen zu beruhigen, was diesen aber immer mehr anspornte. Als das Trio dann unser Sofa entdeckte und darauf ein wilder Dreier seinen Lauf nahm, war nicht mehr viel zu retten. Die Show war – weil authentisch – besser als auf der offiziellen Showbühne und darüber hinaus auch viel gewagter. Nach und nach wurden fremde Herren ins Getümmel gezogen und beteiligt. Bianca und ich konnten nur flüchten. Imbiß-Point vor der Halle. Das würde schiefgehen … und wie.

Das Eintreffen der Gendarmerie-Busse erstaunte uns nicht wirklich. Es waren 4 und die Damen und Herren hatten es eilig. Sie hatten sicher keine Brathähnchen bestellt, sonderen rannten ohne Umschweife in Halle 8. Was sie dort wohl suchten?

Eine leckere Bami-Rolle in der Hand haltend, konnte ich Thilos stolzen Abgang nicht übersehen. Nackt, wie Gott ihn schuf, kam er aus der Halle gesaust, schlug Haken wie ein junger Hase, konnte seiner Verhaftung aber dennoch nur temporär entgehen. Anita und Sara wurden wenige Minuten später von jeweils vier Beamten aus der Halle getragen, derweil ich nur noch meine Sonnenbrille suchte.

»Howard, Du hast recht. Diese Eidvögel sind echt Arschlöcher!«, war das letzte, was ich von Thilo hörte, bevor er im Polizeibus landete

Glücklicherweise wußte niemand vor Ort, wer nun wieder Howard war, der auf Polizeiwachen und dumme Fragen einfach überhaupt keinen Bock hatte. Das unser Stand vorzeitig wegen »pornografischer Umtriebe« geschlossen wurde, kann nicht überraschen und das darüber hinaus noch ein kräftiges Bussgeld fällig wurde, ist nur die logische Konsequenz. Zum Glück hatte Emil am Vortag vortrefflich und teuer bei uns gezecht.

Thilo hätte ich zum Mond schiessen können, schließlich waren wir sowieso recht erfolglos und nun mußte ich daheim dem Chef erklären, warum vom Promo-Material nur wenige Dutzend Exemplare verteilt worden waren. Die Schweizer Messe hat mich danach nie mehr gesehen und ich glaube, das ist auch gut so!

41. Howard ... Du hast einen Knall!

Ach ja, so könnte man das sehen, wenn man das Buch bis an diese Stelle gelesen hat.

Was will der Vogel der Um- und Nachwelt mit diesen teils doch recht derben Episoden sagen oder was ist seine Botschaft, wenn er denn überhaupt eine hat? - Ereignen sich solche Dinge wirklich im Swingerclub, sind da nur Irre und Perverse unterwegs oder hat der Autor nur eine ausgeprägte blühende Fantasie?

Als mich der Verlag um eine Auswahl von skurillen und unterhaltsamen Geschichten rund um den Swingerclub bat, kamen mir ähnliche Fragen in den Kopf. Würde man die Hauptpersonen der Geschichten alle zusammen in einen Bus setzen oder würden sich alle Geschichten zu gleichen Zeit oder zeitnah ereignen, müsste ein jeder durchdrehen und zukünftig um Clubs und deren Besucher einen großen Bogen machen.

Wenn man jedoch bedenkt, dass sich die Geschichten über eine Zeitspanne von mehr als 10 Jahren ereigneten, in dieser Zeit wahrscheinlich 500.000 Besucher unser Etablissement besucht haben, so wird hoffentlich deutlich, dass die Skurillen und Abgefahrenen deutlich in der Minderheit sind und vermutlich immer bleiben werden.

Wie überall, ist das Ungewöhnliche oder auch mal das Krasse gewissermaßen das Salz in der Suppe. Erotik wird nicht neu erfunden, die 100. Version von »Mein erstes Mal im Swingerclub« reißt kaum mehr vom Hocker und die Intimbeichten prominenter Callgirls sind mehr sozialkritisch als witzig oder unterhaltsam.

Mein Augenmerk und meine Erinnerung galt beim »Kondomsammler« markanten skurillen Ereignissen in unserer Branche, wobei sich sicherlich locker weitere 100 Ereignisse finden lassen werden, die im tieferen verborgenen Teil meines Gedächtnisses ruhen, reifen und vielleicht irgendwann auf Enthüllung warten? – Wenn es meine Zeit erlaubt, werde ich sicher auch diese irgendwann zu Papier bringen.

Habe ich Schaden genommen? – Kriegt man einen wech, wenn man über Jahre intensiv in der Swinger-Branche unterwegs ist? - Das möge bitte die Umwelt entscheiden, die mich bis heute (!!!) noch nett grüßt und mich fast ausnahmslos respektvoll behandelt. Ob ich es verdient habe, überlassen wir mal einfach der göttlichen Gerechtigkeit.

Was ich mit meinem Buch sicher nicht will, ist es Euch oder Sie vom Besuch eines Swingerclubs abzuhalten. In Deutschland gibt es eine mannigfaltige Swinger-Szene, die in vielen Schattierungen und Ausprägungen unterwegs ist. Sex ist ein gesundes Lebens-Elixier, eine besondere sinnliche Gabe und gleichzeitig der Auftrag verantwortungsvoll damit umzugehen. Von reiner »Vermehrung«, über Bewußtseins-Erweiterung und Selbstbestätigung, bis hin zu Lifestyle und Perversion reicht der Bogen, den jede und jeder Einzelne bis zu dem Punkt spannen kann, den sie oder er erreichen möchte. Ein Spiel ist es, sicher, wie manchmal auch das wirkliche Leben.

Schließe ich nun mit einer schnöden Grußformel oder einer verkopften Vision? Nein, ganz sicher nicht! – Wir bleiben im Thema und ich verabschiede mich einstweilen mit einer letzten wahren ungewöhnlichen Geschichte ... aus dem Swingerclub.

43. Stiller die Glocken nie klingen … Karfreitag im Swingerclub

Kirchliche Feiertage haben es mitunter in sich, gerade für Discotheken und Swingerclubs. Die sogenannten »stillen Tage« (Karfreitag, Allerheiligen, Fronleichnam) haben es in sich, denn die Landesgesetze verbieten an diesen Tagen öffentlichen Tanz, Vergnügungsveranstaltungen und vieles mehr. Keine Zappel-Halle darf dann mit lauter Musik die Gläubigen belästigen und öffentliche erotische Umtriebe passen nach christlichem Verständnis ebenfalls nicht zu Kreuzigung und Grablegung. Soweit klar!

Nun sind aber gerade Parties vor und an Feiertagen stark frequentiert, da viele Leute frei haben und den Swingerclub der Vorabend- oder Nachtmesse vorziehen. Wäre da nicht das örtliche Ordnungsamt, das den Auftrag hat die »Stille« zu überwachen. »Was tun?«, fragte der Chef betreten in die Runde, »Meier vom Ordnungsamt will diesen Karfreitag keine Disco-Party bei uns dulden!«

Nun war Meier ein bekannter Grieskram, der einem mit einem kurzen Brief oder einer Ordnungsstrafe so richtig das Fest vermiesen konnte. Uns hatte er schon lange auf der Liste, sicher, uns am Karfreitag eines Verbrechens zu überführen.

Doch, was feiert man an Karfreitag? Überall? … Tja, Messen und Gottesdienste von morgens bis abends. Was also, wenn wir diese gute alte Tradition für uns entdecken?

»Heilige Messe mit Pfaffen«, sinierte ich und erntete zunächst erstaunte Blicke. Ungläubig schaute der Geschäftsführer Franz sen. zum Himmel. »Ach du Scheisse …«

So verwegen war die Idee überhaupt nicht (Guerilla-Taktik), der Pope war schnell organisiert und wir spielten die »Geschichte der

O« gemischt mit »Eyes Wide Shut« in einer Inszenierung der katholischen Kirche zur Kreuzigung Christi. Wir wichen kühn von den üblichen Evangelien ab, warben aber auf der Internet-Seite offensiv mit dem ersten großen Karfreitags-Gottesdienst im Club. Gäste sprachen uns an und zeigten uns demonstrativ den Vogel. Franz sen. hatte inzwischen für Piestergewänder gesorgt, Pastor Stoppel, ein abtrünniger befreundeter Dom-Probst, hatte die Bibel geputzt, die Predigt vorbereitet und sicherheitshalber den Sack rasiert. Unser griechischer Hausmeister Kaki S. machte in Weihrauch und hatte die besten Instant-Kugeln für uns besorgt. Außer Glockenturm und Orgel waren wir sozusagen »komplett«.

Mulmig war uns schon, als wir der gemischten Bet-Gemeinde an besagtem Karfreitag gegen 18 Uhr Einlass gewährten. Statt normaler Beschallung mit Discosound tönten gregorianische Gesänge aus den Boxen. Mensch, was waren wir plötzlich so katholisch!

Im Ausguck auf dem Dach haarte derweil Franz jun. der Dinge. Sein Auftrag war klar umrissen: Meier vom Ordnungsamt sichten und notfalls Abwehrmaßnahmen einleiten!

Sollte es Meier bis zur Tür schaffen, galt es ihn einige Minuten abzulenken, sei es durch Werfen einiger Wasserbomben oder durch angedrohten Selbstmord auf dem Dach. Dann hätten wir die nötige Zeit gehabt, alle Gläubigen in die Disco zu bringen und dabei ein erstes sakrales »Kyrie« anzustimmen.

Die Lage blieb ruhig, der Tempel der Lust füllte sich und wir konnten wie geplant pünktlich mit dem frivolen Masken-Spektakel beginnen. Dieses wurde mit Predigt, Gemeindegesang und Lesung umrahmt und hätte kaum trefflicher ausfallen können. Das Gangbang die heilige Eucharistie ersetzte, konnte nicht weiter verwirren. Als Not-Programm gedacht, entwickelte unsere »Messe« eine erfreuliche Eigendynamik.

Mitten in der »Heiligen Wandlung« der Schreck: Ausguck an Kanzel – Städtisches Fahrzeug ausgemacht, könnte Meier sein ... jedenfalls Hackfresse ... gebe alles. Franz jun. – Personalleiter Spikee, in dunkle Kutte gewandet, rannte gen Notausgang, die CD-Orgel setzte ein und innerhalb von Sekunden stoppte der wollüstige Gangbang.

Wo eben noch fröhlich der Schwanz geblasen wurde, setzte nun ein gequältes »Kyrie« ein.

Die Prozession der amtlichen Hackfressen zog wie gewohnt durchs Mittelschiff ein und

erntete böse Blicke. Meier vom Amt, nebst Gefolge. Statt Alkohol an der Theke nur Wasser. »Und um die siebte Stunde war eine Finsternis im Land«.

Spikee hatte schlicht und ergreifend den Strom abgeschaltet. Die Prozession kam im Kerzenschein beim Allerheiligsten an und traute ihren Augen nicht. Begleitet von gregorianischen Querelen, bespritzte der erzürnte Pastor die weltlichen Amts-Knechte mit seinem großen Weihwasser-Spender. »Welch ein Frevel … Ungläubige im Haus des Herrn! – Hinweg mit diesen!«

»Äh, Meier, Ordnungsamt!«

»Dom-Probst Stoppel, Erzbischöfliches Generalvikariat!«

Meier, großes M, aber leider kleine eier, konnte es nicht fassen: Er hatte einen Gottesdienst gestört und den Gläubigen unsittliches Verhalten unterstellt. Vollzog sich doch gerade vor seinen Augen eine Messe nach dem römischen Ritus. Völlig verstört traten Meier und Konsorten den Rückzug an. Der Auferstehung stand nun nichts mehr im Wege!

Als der Ausguck »rasantes Abrücken« verkündete, war uns klar, dass Meiers Dieter von uns gehörig die Nase voll hatte und an diesem Abend sicher kein zweites Mal kommen würde. So konnten wir nach 24 Uhr die Disco-Anlage auf Maximum stellen und ein rauschendes Auferstehungs-Fest feiern. Der Pfarrer, der zum Ende der Veranstaltung von einigen wilden Klage-Weibern in einen SM-Käfig gesperrt worden war, taute merklich auf, versteckte Bibel und Mess-Gewand im Keller und wurde zuletzt in recht frivoler Pose zwischen mehreren vollbusigen Messdienerinnen gesehen.

Der Chef war zufrieden, die Kasse war OK und der karfreitägliche Gottesdienst ist inzwischen zu einer wichtigen Tradition geworden, die wir gerne pflegen.

Mit dem GutscheinCode

Kondomsammler 2013

können Sie auf der Webseite
www. Elysion-Books.com
eine Gratisgeschichte lesen
(Achtung! Nichts für empfindliche Gemüter)

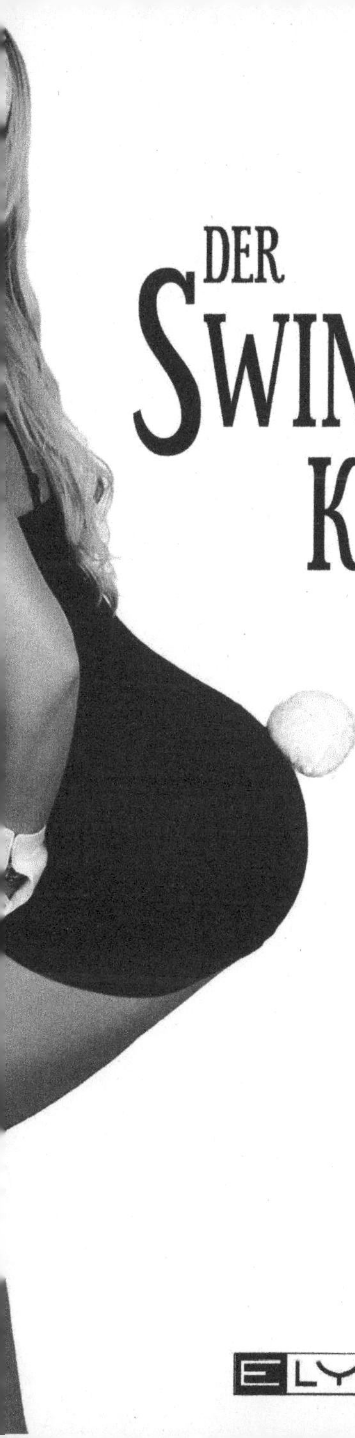

DER SWINGERCLUB KNIGGE

ELYSION

Ein Swingerclub-Knigge

Wer ficken will, muss freundlich sein

Lilly An Parker ist das Pseudonym einer deutschen Autorin, die sich bisher hauptsächlich im Liebesromanbereich einen (anderen) Namen gemacht hat. Neben Wollmäusen und Staubratten züchtet sie seltene Pflanzen wie die Wollustlilie oder die Aphrodisiaka.

Silvia und Mark, die sich beide als »ganz normales Paar zwischen 20 und 30 Jahren« bezeichnen, leben in NRW und führen ein ganz normales, alltägliches Leben – zumindest dem Anschein nach.

Denn während andere Paare auch am Wochenende und beim Feiern ein monogames Leben führen und sich mit Freunden treffen, gehen Silvia und Mark gerne auch mal mit Freunden ins Bett oder feiern mit »Bettfreunden«. Problemlos und ohne Eifersucht. Doch was, wenn auf der Suche nach Sinnlichkeit mehr wird? Wenn aus einem Hobby plötzlich der Wunsch entsteht einen eigenen Swingerclub zu gründen?

Folgen Sie den Beiden in die Welt hinter den Spiegel … ähm … hinter dem Sex.

Index

Einführung

Nach unzähligen Experimenten und sexuellen Versuchen waren meine Freundin und ich uns 2008 einig: Wir wollen unter die »Swinger« gehen.

Natürlich fiel diese Erkenntnis nicht einfach so vom Himmel. Genaugenommen war sie die logische Konsequenz aus unserer Beziehung, unseren Vorlieben, Wünschen und Fantasien. Aufgeschlossen und neugierig hatten wir schon oft darüber gesprochen, wie es wäre einen Dreier auszuprobieren, wobei ich eine zweite Frau präferierte – und sie einen zweiten Mann.

Also einigten wir uns darauf, dass wir wohl beides irgendwann einmal ausprobieren »mussten«.

Dieses »Irgendwann« wurde konkreter, als wir auf einer der regionalen Sexmessen einen Flyer zugesteckt bekamen. Er lud uns kostenlos zu einem Swingerclubbesuch ein.

Davon waren wir damals noch weit entfernt, aber der Werbehinweis auf der Rückseite brachte uns dazu, uns auf einer Swingerwebseite anzumelden und uns dort mit sexuell aufgeschlossenen Menschen auszutauschen. So erfuhren wir von einer Veranstaltung, die eine Mischung aus Party und Swingertreff war.

Obwohl wir Preis und Entfernung überzogen fanden, reizte uns die Mischung und auch das Publikum sprach uns spontan an. Wir entschieden uns dazu, hinzufahren.

Es war ein tolles Event, bei dem wir weiter gingen, als vorher abgesprochen war und wir kamen mit vielen Anfänger-Paaren ins Gespräch, denen es ähnlich ging wie uns. Wir begriffen, dass wir sehr viel sehr richtig gemacht hatten, ohne vorher groß darüber nachzudenken. Und auch die Wahl unseres ersten Swingerclubs – es war dann tatsächlich der mit dem Gratisgutschein – stellte sich als überraschend richtig heraus.

Doch viele der anderen »neuen« Paare berichteten von ihren negativen Erfahrungen, in vielen Foreneinträgen lasen wir von kleinen oder mittelschweren Katastrophen und so kamen wir nicht umhin uns zu fragen, was uns und unsere Vorbereitung von den der anderen Interessierten unterschied.

Die Antwort war so einfach, wie erschütternd: Die Vorbereitung!

Viele der anderen hatten sich nicht schlau gemacht, gar nicht. Nada.

Chat-Anekdote

(aus dem Buch »Swinger – Erlebnisse, Erfahrungen & Bekenntnisse eines Paares«)

Unerfahrene: »Hallo! Schade, dass ihr kein Profil habt.«
Wir: »Was wollt ihr denn wissen?«
U: »Wie viel Erfahrung ihr habt? Seid ihr Profis oder eher Anfänger?«
Wir: »Ziemliche Anfänger. Wir waren erst einmal weg auf einem erotischen Partyevent mit mehreren hundert Leuten. Das war toll.«
U: »Klingt gut! Diese Partyeventreihe ist also empfehlenswert?«
Wir: »Definitiv!«
U: »Habt ihr schon mal überlegt, in einen Club zu gehen?«
Wir: »Ja, wir haben schon mal daran gedacht, in einen Club zu gehen und haben uns auch schon dementsprechend per Internet schlau gemacht … Wir wollen demnächst mal hin. Lust mitzukommen?«
U: »Sind im Club nicht auch Solomänner?«
Wir: »Kommt auf den Club an, es gibt auch welche nur für Paare.«
U: »Ach echt?«
Wir: »Ne, gelogen …. :-)«
U: »Das ist ja super, wir wollen nämlich keine Solos.«
Wir: »Reicht euch eine extra Etage oder muss der ganze Club solofrei sein? Haben im Internet beides gefunden.«
U: »Das gibt es auch? …. Äh …. Soloherrenfrei bitte!«
Wir: »Okay! … In der Richtung haben wir im Internet den Xclub gefunden oder wir gehen einfach am Pärchentag in einen anderen Club?«
U: »Wann sind denn die Pärchentage?«

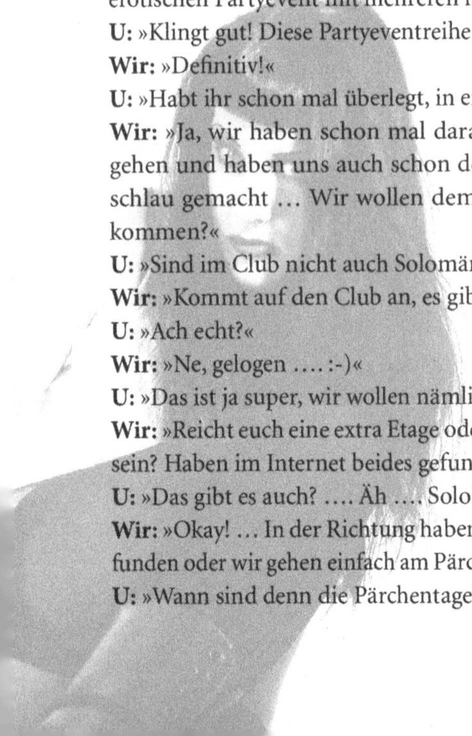

Wir: »Das ist von Club zu Club verschieden. Yclub hat freitags Paartag, Zclub am Sonntag.«
U: »Mmm … Freitags bin ich immer so müde von der Arbeit. Sonntags ist schlecht, weil meine Freundin montags immer sehr früh arbeiten muss …«
Wir: »Dann bleibt nur der Xclub.«
U: »Den kenn ich gar nicht, habt ihr einen Link?«
… Einen Link später …
U: »Was soll das kosten? Sind die irre? 90 Euro?!«
Wir: »Okay, das ist teuer, aber dafür bekommt man Getränke und Essen frei.«
U: »Ne, zu teuer!«
Jetzt war es an uns, wild zu googeln und Clubs in der Nähe zu finden.
Wir: »Sclub kostet 60 Euro und der Tclub sogar nur 40 Euro.«
Es folgte ein langes »Schweigen«.
U: »Ne, das ist uns zu viel Geld.«
Wir: »20 Euro pro Person für Essen und Trinken?«
U: »Gibt es nichts mit Verzehrkarte? Wenn man nichts essen und trinken will?«
Wir: »Ja, es gibt die Partyreihe, da zahlt man einmalig Eintritt und danach nur noch den Verzehr.«
U: »Das klingt prima!«
Wir: »Das kostet 15 Euro Eintritt.«
Dieses Mal dauerte es noch länger, bis am anderen Ende stand: »Wir werden darüber sprechen und melden uns bei euch.«
Sie meldeten sich nie wieder.

Sehen Sie, was ich meine?

Natürlich könnte ich jetzt behaupten, dieses Paar wäre ein Fake gewesen oder eine Ausnahme. Aber dem war nicht so. Immer wieder wandten sich Leute an uns und erkundigten sich nach Dingen, die für uns selbstverständlich waren oder die man ganze einfach im Internet erfahren konnte. Manche wollten nur einen kleinen Anstoß bekommen, einige benötigten ein wenig Mut, zahlreiche eine persönliche Clubeinschätzung. Aber sehr viele eine komplette Erklärung, quasi eine Swingerclub-Fibel.

Und hier ist sie: Unser kleines »How to Swingerclub« :-)

Wie kommt es zu dem Wunsch? Will ich das oder mein Partner?

In den meisten Fällen ist es so, dass einer von beiden Partnern den Wunsch hat, einmal in den Swingerclub zu gehen.

Diesen Wunsch sollte man nicht verheimlichen – und schon gar nicht alleine losziehen, weil man Angst davor hat, dass der andere den Wunsch nicht verstehen oder gar lachen würde. (Auch ohne Beziehungsratgeber würde ich nämlich dann an dieser Stelle sagen, dass man ohnehin ein Problem hat.)

Allerdings sollte man den Partner weder »überfallen« noch drängen. Im Gegenteil. Überlegen Sie sich eine Gelegenheit, bei der es passend ist, über die eigenen sexuellen Lüste und Wünsche zu sprechen. Man kann ganz vorsichtig anfangen; gut geeignet sind erotische Vorstellungen laut beim Vorspiel zu fabulieren :-)

Man kann aber auch ein wunderbares Essen kochen (kommen lassen) und bei einem romantischen Dinner mit Kerzenlicht über die Idee des Swingens reden. Das kann gleich Richtung Swingerclub gehen, muss es aber nicht. Viele wünschen sich auch ein Treffen in eher privatem Rahmen, zu dritt, zu viert oder auf einer kleinen, intimen Feier. All diese Wünsche und Vorstellungen sind legitim und haben ihre besonderen Aspekte.

1. **Wenn Sie bereits Erfahrung im Bereich des Swingens haben, Ihr Partner aber nicht, bereiten Sie sich vor!**

Schauen Sie sich die oben genannten Möglichkeiten an und überlegen Sie sich, welche dieser Vorstellungen, Situationen Ihrem Partner am Besten gefallen könnte. Vielleicht hat er oder sie ja auch bereits einige

Andeutungen verloren? (Überraschend viele Frauen mögen es zum Beispiel, ein wenig mit anderen Frauen rumzumachen.)

Dann können Sie sich einige Alternativen aussuchen und vorbereiten. Mit Vorbereiten meine ich auf keinen Fall, sich schon für einen »nackigen Abend« anzumelden, oder ähnliches. Sondern eher so etwas wie Webseiten aufschreiben, passende Swingerveranstaltungen suchen und auf alle möglichen und unmöglichen Fragen vorbereitet zu sein. (Von Kosten bis Kleidung, von Anfahrt über Hygiene bis hin zur Verhütung…)

2. Überraschung! Wenn Sie keine Erfahrung haben, aber gerne in einen Club möchten – oder sich für das Swingen interessieren – und die ganze Angelegenheit Ihrem Partner schmackhaft machen wollen … dann bereiten Sie sich vor!

Auch hier ist es wichtig, nicht einfach mit einer Idee oder einer vagen Vorstellung »um die Ecke zu kommen«. Wenn Sie neugierig sind, haben Sie sich doch sicherlich ohnehin schon auf einschlägigen Webseiten schlau gemacht, oder?

Lassen Sie Ihren Partner an dem Wissen und der Neugierde teilhaben.

Nehmen Sie ihn oder sie mit auf die Entdeckungsreise. Nur so haben Sie auch währenddessen und hinterher die Gewissheit, dass Sie beide von den gleichen Dingen reden und Ihre Vorstellungen nicht komplett auseinandergehen. Nichts ist intimer als … naja, als Intimität eben. Eine weitere Person einzubinden ist nicht immer einfach, mehrere andere Personen einzubinden ist teilweise sogar richtiggehend schwer. Besonders, wenn man sich mit einem weiteren Pärchen trifft, weiß man vorher nicht, ob es für alle vier Beteiligten passt. Und eine Wunschvorstellung bleibt manchmal einfach auch genau das.

Darüber soll und muss man vorher sprechen.

Nichts ist dümmer, als im Swingerclub festzustellen, dass die eigene Frau gerne mit zehn anderen Männern Sex haben möchte, während man plötzlich abgeschoben und gelangweilt danebensteht – und doch eben noch gedacht hatte, dass man bestimmt eine tolle Lesbennummer zu sehen bekommt …

3. Ihr Partner hat Ihnen »gebeichtet«, dass er/sie in einen Swingerclub möchte, oder am Swingen interessiert ist?

Freuten Sie sich!

Das ist weder als »Sex mit dir ist mir zu langweilig« gemeint, noch als letzte Rettung für die vielleicht 20jährige Ehe. Im Gegenteil. Es ist Vertrauen pur. Ihr Partner vertraut darauf, dass Sie ihn nicht auslachen, wenn er sie an seinen geheimen Wünschen teilhaben lässt – und Sie vielleicht sogar darüber nachdenken, ob es Ihnen auch Spaß machen könnte.

Selbstverständlich sind Geschmäcker verschieden und nicht jeder mag »fremde Haut«, nicht jeder möchte anderen Menschen beim Sex zusehen, oder selbst dabei beobachtet werden.

Falls Sie aber nicht sofort »Oh mein Gott« oder »Oh nein« bei der Frage oder der Beichte Ihres Partners gedacht haben, umso besser. Denn gerade für Sie wurde dieses Buch geschrieben.

Generell ist an dieser Stelle zu bemerken, dass weder der Wunsch einen Club zu besuchen, noch die Weigerung verwerflich ist. Selbstverständlich muss man als Paar zu einer Einigung kommen. Wichtig ist vor allem das Wissen, dass man in einen Swingerclub gehen kann, OHNE sexuellen Kontakt haben zu müssen. Man kann einfach reinschnuppern und in den meisten Fällen auch einfach im »normalen« Barbereich bleiben, wo getrunken und getanzt wird, wie in einer normalen Disko auch.

Gut, in einer normalen Disko sind die Leute weder in Dessous (auch wenn es manchmal so aussieht), noch nackt. Aber es ist alles ganz harmlos. Ein erfahrener Partner wird Ihnen das auch genauso erzählen und falls Sie neugierig geworden sind, gibt es in diesem kleinen Knigge noch einige Tipps.

Falls Sie jetzt kategorisch ablehnen und nur ein wenig neugierig geworden sind, ist das ebenfalls vollkommen legitim. Schließlich lese ich auch gerne Krimis ohne schon mal jemanden ermordet zu haben …

Auf jeden Fall sollten Sie über ihre Gedanken und Gefühle offen sprechen, die meisten Unklarheiten, Vorurteile und Befürchtungen lassen sich leicht beseitigen und eine Partnerschaft kann (und sollte!) auch ohne Swingen, Partnertausch und Gruppensex prima sein.

Swingen und Swingerclubs sind im Idealfall »nur« eine prickelnde Bereicherung.

3. **a) Ihr Partner hat also »gebeichtet« und bereits Erfahrung im Swingen?**

Prima! Stellen Sie alle Fragen, die Ihnen auf der Zunge brennen und haben Sie keine Scheu davor, sie auszusprechen. Schließlich ist es nicht nur Ihr Körper, um den es geht, sondern auch Ihr Vertrauen.

Ein erfahrener Swinger/Partner wird Sie wortwörtlich an die Hand nehmen, Ihnen alles erklären, zeigen und Sie in einem angemessenen Tempo an das Thema heranführen. Sie selbst können dann entscheiden, *ob* oder *ob nicht*.

Und dieses *ob* oder *ob nicht* gilt selbstverständlich »wie im wahren Leben auch« für alles. Inklusive aller Abstufungen.

3. **b) Ihr Partner hat Ihnen »gebeichtet« und keinerlei Erfahrung im Swingen?**

Auch gut! Machen Sie ihm die Freude und informieren Sie sich gemeinsam mit ihm. Vielleicht werden Sie verblüfft sein, vielleicht angeturnt. Vielleicht werden Sie es auch gar nicht mögen. Lassen Sie sich selbst überraschen und seien Sie offen für Neues.

Nichts macht mehr Spaß, als eine Gemeinsamkeit zu finden, ein neues Hobby und neue, spannende Erfahrungen zu machen, zu besprechen und zu teilen.

Natürlich kann es auch hier sein, dass Sie schon ganz am Anfang der Entdeckungsreise feststellen, dass das Ganze überhaupt nichts für Sie ist. Aber auch das ist etwas, worüber man reden kann.

Wann sollten Sie NICHT in die Swingergesellschaft einsteigen?

- **Wenn Ihre Beziehung nicht vollkommen intakt ist.**
- **Wenn Ihr Partner versucht, Sie auf Biegen und Brechen zu überreden.**
- **Wenn Sie extrem eifersüchtig sind.**
- **Wenn Sie (oder Ihr Partner) versuchen, die Beziehung auf diese Art und Weise zu retten.**

Falls eine dieser Möglichkeiten auf Sie (oder den Partner) zutrifft, sollten Sie auf jeden Fall die Finger vom Swingen lassen. Denn sonst besteht eine sehr große Chance, dass Sie mit diesem Versuch der Beziehung den endgültigen Todesstoß versetzen.

Auch Leute, die einen Clubbesuch o.ä. einfach nur als vom Partner akzeptierte Möglichkeit des einseitigen Fremdgehens betrachten, sollten an dieser Stelle überlegen, ob es wirklich so eine kluge Idee ist, das Vertrauen des Partners auszunutzen.

Wenn alles in Ordnung ist, Ihr Sexleben aber brach liegt oder im Moment einfach nur ein wenig eingeschlafen ist … sprechen Sie vorher darüber. Swingen KANN Ihrem Sexleben auf die Sprünge helfen und es extrem bereichern, aber es MUSS NICHT. Sie sollten also mit Ihrem Partner genau abwägen, ob es das eventuell bestehende Risiko einer Trennung oder eines Vertrauensverlustes wert ist.

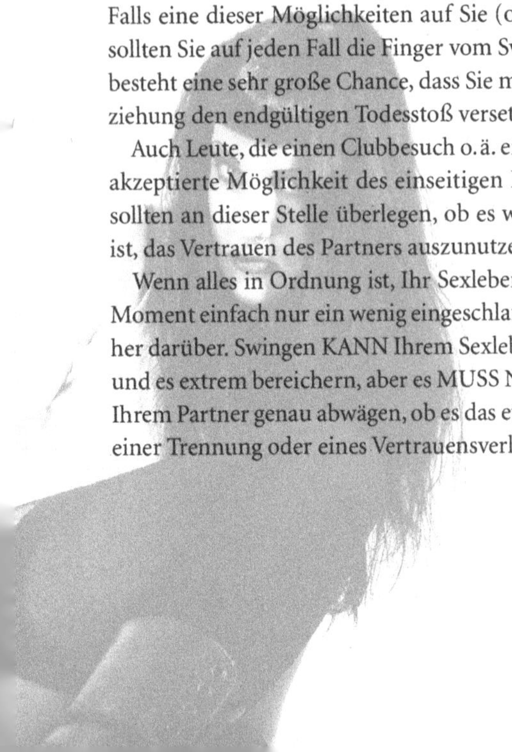

Was will ich, Was wollen wir?

Eigentlich überflüssig zu erwähnen, dass spätestens beim Loslegen beide dasselbe wollen sollten, oder?

Damit das nicht nur ein Wunschtraum bleibt, müssen Sie sich bei den Vorbereitungen immer wieder fragen: Was will ich eigentlich?

Will ich »nur« fremde Haut? Zusehen? Beobachtet werden? Möchte ich in Kontakt kommen mit einem anderen Mann, einer anderen Frau oder mit einem Paar? Wie stelle ich mir das vor? Was mache ich – wie weit bin ich bereit zu gehen, zu berühren, zu lecken, zu schmecken? Was soll der Partner in diesem Moment machen? Was die neue, dritte (oder vierte und fünfte…) Person?

Will ich Geschlechtsverkehr mit jemand anderem haben, oder es erst einmal langsam angehen lassen?

Auch wichtig ist es, das Verhältnis zum Partner und die eigenen Gefühle zu erforschen: Vertraue ich meinem Partner/Partnerin zu 100%? Bin ich eifersüchtig? Wäre ich eifersüchtig, wenn …?

Ja, wenn der Partner jemand anderen berührt, küsst, befriedigt oder sich befriedigen lässt? Wenn er/sie mit jemand anderem schläft?

Aber auch: Was würde mich heiß machen?

Hier kann man im Prinzip dieselben Fragen wie oben einfügen. Denn vielleicht werde ich gar nicht eifersüchtig, sondern finde es toll.

Wenn ich ungefähr weiß, was ich mir vorstellen oder eben auch nicht vorstellen kann, ist es an der Zeit, mich mit dem Partner auszutauschen. Was kann er oder sie sich vorstellen, wo sind Gemeinsamkeit, wo die Unterschiede? Ist er eifersüchtig? Wo sind die Grenzen?

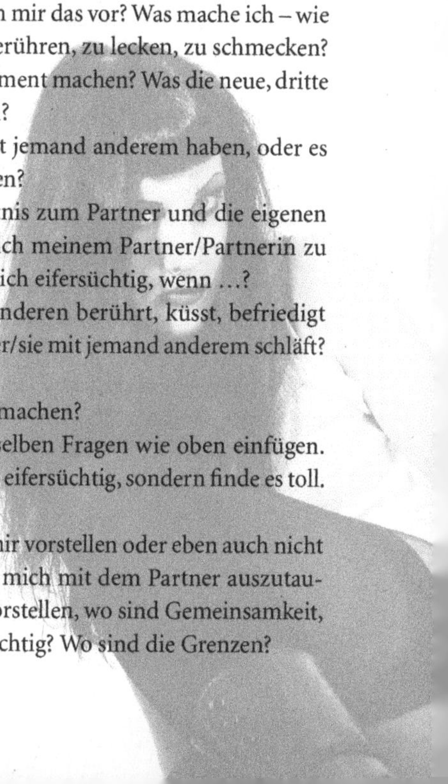

Wenn Sie und Ihr Partner an dieser Stelle sagen: Wir sind nicht eifersüchtig, haben keine Grenzen und wollen erst einmal alles auf uns zukommen lassen ... verabreden Sie ein deutliches Zeichen! Falls Sie plötzlich mitten drin merken, Sie haben doch eines von beiden. (Nichts ist peinlicher, als sich vor anderen Leuten zu streiten oder mit den plötzlich auftauchenden Differenzen einen ganzen Swingerclub zu unterhalten.)

Es ist besser, alles ein bisschen langsamer anzugehen, als alles zu überstürzen. Selbstverständlich ist das nur meine Meinung, aber ich denke, es ist schön in der Situation gemeinsam zu sagen: »Hei, lass uns doch noch einen Schritt weiter gehen.« Zumindest ist es schöner, als plötzlich überrumpelt zu werden von Eifersucht, Grenzen und dann zu schmollen. Schließlich geht der Partner von den zuvor besprochenen Dingen und Regeln aus und kann nicht damit rechnen, dass Sie sich unverhofft umentschieden haben.

Aber auch ansonsten ist ein Zeichen, welches nur für Sie beide bestimmt ist, ratsam.

Unbedingt wichtig ist es auch sich an Absprachen zu halten. (Es sei denn natürlich, Sie beschließen BEIDE in der Situation, es sei in Ordnung weiter zu gehen als ursprünglich geplant oder stellen fest, sie kommen generell mit der Situation nicht klar.)

Wenn vorher Grenzen ausgemacht wurden, gehen Sie auf keinen Fall darüber hinweg, ohne Ihren Partner zu fragen oder zu informieren (ohne Zeugen, damit er ohne Scham oder Gesichtsverlust auch »Nein« sagen kann).

Eine plötzliche und nicht abgesprochene Änderung der Richtung (z.B. Sie küssen jemand anderen, obwohl genau das vorher als »Tabu« abgemacht war), kann eine Menge Vertrauen kosten und diesen einen Swingerversuch vielleicht zu Ihrem letzten machen.

Was darf's sein?

Treffen mit Paar, intimer Kreis, erotische Treffs, Swingerclub?

Nichts davon ist falsch oder richtig, nichts besser oder schlechter. Pauschalisierungen mögen in vielen Bereichen des Alltags hilfreich sein, aber wenn es um Intimität und Sex geht, sollte man erst einmal alle Möglichkeiten in Betracht ziehen und überlegen, welche für einen die Beste oder Gewünschteste ist. Am Besten mit dem Partner zusammen. Nicht, dass einer vom Swingerclub redet und der andere vom Treffen mit sechs Leuten in einem intimen Kreis.

Alle Optionen, bei denen es um prickelnde Erotik geht, sind erst einmal prima (Erwischt! Eine Verallgemeinerung :-)), haben aber alle Vor- und Nachteile.

Paartreffen

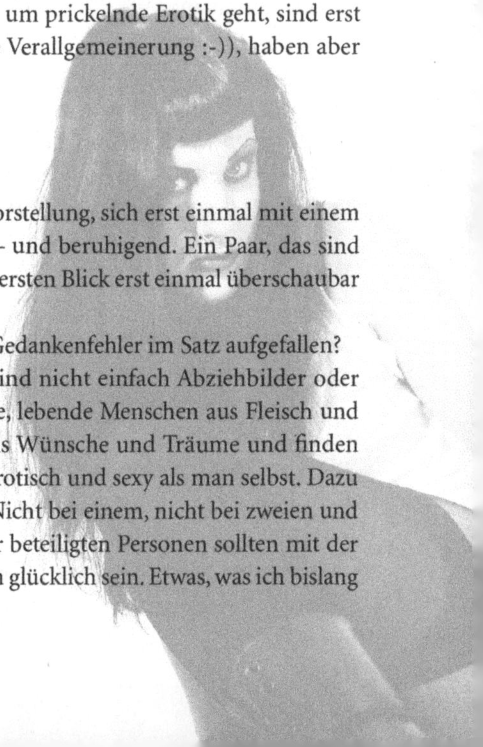

Gerade Anfänger finden die Vorstellung, sich erst einmal mit einem einzigen Paar zu treffen sexy – und beruhigend. Ein Paar, das sind zwei Leute. Etwas, was auf den ersten Blick erst einmal überschaubar und kontrollierbar erscheint.

Na? Ist jemandem hier der Gedankenfehler im Satz aufgefallen?

Genau: ZWEI LEUTE! Es sind nicht einfach Abziehbilder oder Traumfantasien, sondern echte, lebende Menschen aus Fleisch und Blut – und die haben ebenfalls Wünsche und Träume und finden vielleicht ganz andere Dinge erotisch und sexy als man selbst. Dazu kommt, dass es passen muss. Nicht bei einem, nicht bei zweien und auch nicht bei dreien. Alle vier beteiligten Personen sollten mit der Situation und der Konstellation glücklich sein. Etwas, was ich bislang wirklich selten erlebt habe.

Selbst bei intensiven Vorarbeiten am Computer und im Chat und selbst nach einem Telefonat kann einiges schiefgehen. Plötzlich stimmt die Chemie einfach nicht, die Sympathie. Die Liste ließe sich beinahe unendlich weiterführen.

Das ist sicherlich nicht schlimm und jeder hat das Recht, »nein« zu sagen, aber es ist frustrierend, wenn sich so etwas häuft und gerade am Anfang kann eine Zurückweisung oder ein Den/Die-habe-ich-zurückweisen-müssen nicht schön sein und für Hemmungen sorgen.

Besonders präkär, aber natürlich auch besonders intim, ist es, wenn man sich privat trifft. Sprich: Bei einem der beiden Paare zu Hause. Will man, dass Swinger wissen, wo man wohnt? Oder ein anderes Paar, das man im Prinzip gar nicht kennt und vielleicht danach nie wieder sehen will?

All dies schreibe ich nicht, um zu entmutigen, oder gar um von dieser Option abzuraten. Aber ich will ehrliche Gedankenansätze liefern.

Bei einem Treffen mit einem anderen Paar würde ich immer dazu raten, es erst einmal »auf neutralem Boden« stattfinden zu lassen (Kneipe, Restaurant, Cafe o. ä.), mit der Option bei Gefallen hinterher privat weiterzutoben.

Auch ein Treffen im Swingerclub zählt zu diesem »neutralen Boden«. Man kann sich ungezwungen an der Bar treffen, beschnuppern und falls es passt und alle willens und willig sind, hinterher gemeinsam auf die Matte gehen – gerne auch in einem abschließbaren Raum, der alle anderen Besucher außen vor lässt.

Intimer Kreis

Ein intimes Treffen in kleinem Kreis kann extrem viel Spaß machen. Muss es aber nicht …

Wie in allen Fällen sollte man sich vorher im Klaren darüber sein, was man will und vor allem, wie weit man gehen will. Denn gerade wenn viele Leute auf kleinem Raum miteinander intim werden, besteht bei Anfängern »die Gefahr«, dass man weiter geht, als ursprünglich vereinbart.

Das Schöne an einem intimen Kreis ist, dass man nicht auf zwei potentielle Spielpartner beschränkt ist, sondern mehrere Paare und eventuell sogar einige Solos »zur Auswahl« hat. Man kommt meistens ganz einfach und unkompliziert ins Gespräch. Und wenn es bei einem Paar nicht funkt, kann man es bei dem nächsten ausprobieren.

Wichtig bei einem Treffen im kleinen Kreis ist es, sich vorher über die anderen Gäste zu informieren. Eventuell Fotos und Profile aufzurufen und schon im Vorfeld abzutasten, an wem der eigene Partner und an wem man selbst Interesse hätte.

Erotische Treffs

Da gibt es inzwischen eine große Auswahl. Auch diese erotischen Treffpunkte (zum Beispiel gibt es Swingertreffen in normalen Kneipen, sinnliche Cafes und erotische Diskotheken…) bieten sich zu einem unverbindlichen Treffen mit einem interessanten und interessierten Paar an.

Erotische Treffs empfinde ich als guten Einstieg »in die Szene«, weil man sanft herangeführt wird und erst einmal in Ruhe gucken kann, ohne sofort die gesamte Palette präsentiert zu bekommen. Gut angezogene, gepflegte Menschen, die Wert auf erotische Ausstrahlung legen, sind in allen Kategorien und allen Gewichts- und Altersklassen prima und ein Augenschmaus. Auf jeden Fall machen sie Lust auf mehr.

Inzwischen gibt es sogar einige Partyanbieter, die nicht nur Party machen – mit vorgeschriebenen, erotischen Dresscode der Gäste – sondern auch separate Spielwiesen anbieten, die bei Gefallen und Lust angesteuert werden können. »Swingerclub light« sozusagen.

Swingerclub

Wie vorhin schon geschrieben, eignen sich Clubs gut, um sich mit Paaren zu verabreden. Sie sind neutral, gepflegt, es gibt Essen, Getränke und Duschen genauso wie Kondome und Gleitmittel. Man muss sich um das gesamte »Drumherum« keine Gedanken machen und auch wenn es mit der Verabredung nicht klappt, hat man Alternativen und auf gar keinen Fall Geld und Zeit verschwendet.

Aber was ist eigentlich ein Swingerclub und was passiert da?

Generell geschieht im Swingerclub nichts, was Sie nicht wollen. Jeder gute Club bietet Führungen für Anfänger und Neulinge (auch für neue Besucher in diesem Club) an. Nach der Führung kann man sich umziehen und »in die Szene« reinschnuppern. Die Räumlichkeiten, die je nach Club variieren, können genutzt werden, aber man kann auch einfach in der Disko/ an der Bar, Stellung beziehen und erst einmal gucken und alles auf sich zukommen lassen.

Ideal sind Swingerclubs auch für Einzelmenschen und Paare, die gerne sehen und gesehen werden und die einen gewissen Hang zum Voyeurismus haben.

Was erwarte ich von einem Club?

Machen Sie sich vorher eine Checkliste: Was sollte der Club haben, was nicht? Wollten Sie schon immer Solomänner in Ihr Spiel miteinbeziehen, oder zumindest die Option haben? Sehnen Sie sich nur nach Pärchen? Benötigen Sie für den Anfang Separees und/oder abschließbare Zimmer? Wie wichtig sind Ihnen Speisen und Getränke? Wie steht es mit einem Wellness-Bereich? Sauna und Schwimmbad?

All diese Fragen sollen Sie sich vorher allein oder gemeinsam mit dem Partner stellen. Es kann auch sein, dass Sie gerne einen Mottoabend besuchen wollen – vielleicht sogar zu einem bestimmten Motto.

Wie weit darf der Club entfernt sein?

Wie soll er optisch sein? (Wollen sie ein Schloss besuchen, oder reicht Ihnen das nette, umgebaute Wohnhaus von nebenan?)

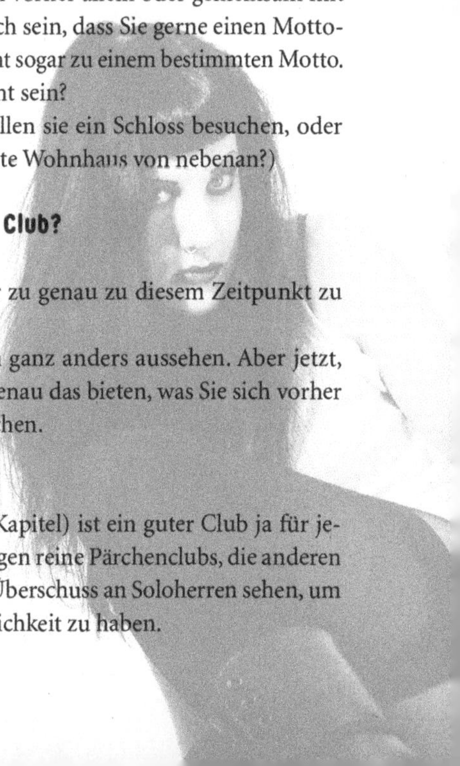

Was ist überhaupt ein guter Club?

Ein guter Club ist ein Club, der zu genau zu diesem Zeitpunkt zu Ihnen passt.

Das kann wenig später schon ganz anders aussehen. Aber jetzt, hier und heute, sollte er Ihnen genau das bieten, was Sie sich vorher angelesen haben und sich wünschen.

So einfach ist das?

Jaein.

Schließlich (siehe vorheriges Kapitel) ist ein guter Club ja für jeden etwas anderes. Die einen mögen reine Pärchenclubs, die anderen wollen sehr gerne einen großen Überschuss an Soloherren sehen, um eine ausreichende Auswahlmöglichkeit zu haben.

Generell ist ein guter Club sauber, hygienisch, gut geführt und sicher.

Im Idealfall entspricht er Ihren Erwartungen, wie auch immer diese beschaffen sein mögen. Denn SIE selbst bestimmen, was ein guter Club ist.

Das kann Ihnen niemand absprechen oder abnehmen, die Auswahl müssen Sie selbst treffen.

Wie finde ich »meinen« guten Club?

Schauen Sie sich um. Im Internet gibt es so gut wie nichts, was nicht über eine Suchmaschine zu finden ist.

Oft ist es auch hilfreich, sich auf einschlägigen Foren oder auf bekannten Internetportalen (z. B. Joyclub) umzuhören und dort auch das »Live-Feedback« anderer Swinger zu lesen. Meistens gibt es einen guten Überblick über die Clubs oder anderen Lokalitäten des jeweiligen Bundeslandes. Mit Quadratmeterfläche, Anzahl der Spielweisen und weiteren Informationen zu den Angeboten – häufig mit einem Link auf die Webseite des Clubs und mit einer Liste der Forenmitglieder die sich bereits für eine Veranstaltung/einen Tag dort eingetragen haben.

So bekommt man rasch und unverbindliche einen guten Überblick über das Angebot und die Altersstruktur, aber auch über das, was der Club anbietet (meist mit Fotos).

Dadurch kann man seine Liste abgleichen und Clubs »eliminieren«. (Was nichts über diese Clubs aussagt, sondern einfach nur bedeutet, dass dieser Club und man selbst zu diesem Zeitpunkt einfach nicht zusammenpassen.)

Zum Schluss werden sie ein bis drei Clubs auf der Liste übrig haben, die sich irgendwo in erreichbarer Nähe befinden sollten und können dann gemeinsam mit dem Partner entscheiden, wohin die Reise gehen soll.

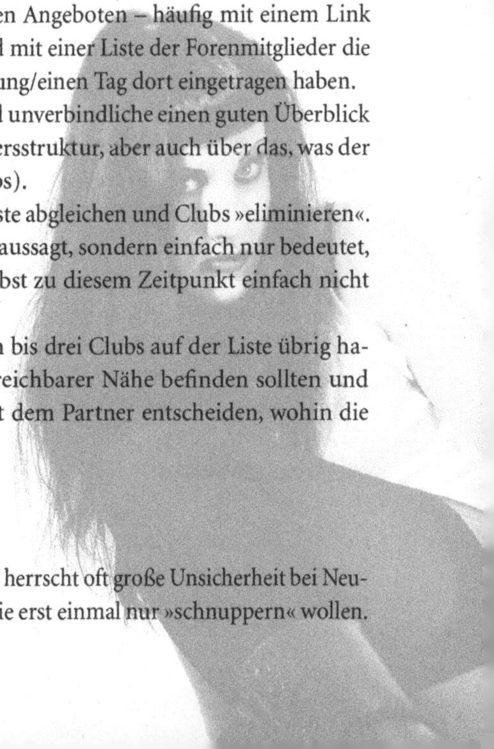

Was ziehe ich an?

Bei der Frage nach der Kleidung herrscht oft große Unsicherheit bei Neueinsteigern und Neugierigen, die erst einmal nur »schnuppern« wollen.

Dabei ist die erotische Palette recht groß – naja, bei Frauen zumindest :-)

Frauen:

Nette Unterwäsche/Dessous, Corsagen, raffiniert ausgeschnittene Kleider, Mini-Röcke, Transparentes oder Knappes geht immer. Dazu passen Pumps, Stiefel oder Overknees.

Bei Männern ist die Auswahl deutlich schwieriger, aber nicht vollkommen unmöglich. Lassen Sie sich von dem inspirieren, was sie haben – nicht jeder kann in einem Schottenrock gut aussehen oder hat Arme wie Schwarzenegger. Aber sicherlich sehen Sie auch ansonsten adrett und gepflegt aus und diesen Stil kann man durchaus auch auf die Erotik übertragen.

Männern:

Ein netter Slip (Hotpants oder Shorts, je nach Geschmack und Figur), ein dunkles, enges Shirt, Netzhemd oder transparente/halbtransparente Kleidungsstücke sind prima. Chaps und Leder oder ein Herrenrock sind ebenfalls nett. Bei vielen erotischen Treffen (z.B. Sinnliche Abendveranstaltung) ist es auch durchaus okay in einem Smoking zu erscheinen (und mal ehrlich: welcher Kerl macht darin keine gute Figur?!).

An Schuhwerk kann ich nur von Aldiletten oder Adiletten abraten. Eine schicke Sandale hingegen (ja, klingt nach nicht viel Unterschied, ist es aber), kann ein Outfit perfekt machen. Sneaker oder schicke Boots (saubere!) sind ebenfalls prima. Generell ist von Barfuß oder Socken abzuraten – Socken wirken plump und ungepflegt und barfuß …

Untenrum/Schuhwerk:

Generell gilt, dass die Schuhe zum Rest passen sollten. *Oben hui und unten pfui* ist leider bei einigen Herrschaften (sowohl Männern als auch Frauen) immer noch der Fall – leider auch im wahren Leben –, aber so sollte es natürlich nicht sein. Man hört nicht unterhalb der Knie auf zu existieren, nur weil man seine Füße nicht pflegt. Und gepflegte Füße gehören zur Erotik einfach dazu (nicht nur bei Fußfetischisten). Dasselbe gilt fürs Schuhwerk. Gepflegt ist allemal besser als teuer und ungepflegt.

Und in Socken oder gar barfuss geht gar nicht. Allein die Rutschgefahr (einige Clubs haben Wellness-Bereiche) oder die Toiletten … das eine ist gefährlich, dass andere ekelig. Selbst in einem Schwimmbad trägt man doch wohl meistens Schlappen.

Apropos Wellness-Bereich: Sollte es in dem Club Ihrer Wahl einen solchen Bereich geben, empfehle ich, ein zweites Paar Schuhe mitzunehmen. High-Heels sind zwar toll, aber bei Rutschgefahr nicht geeignet. Und wer möchte am nächsten Tag schon erklären müssen, wie und wo genau er/sie sich den Fuß verstaucht hat?

No-Gos

Was ist eigentlich ein No-Go? Das ist etwas, was gar nicht geht. Nie, nicht und unter gar keinen Umständen. Vollgepisste Unterwäsche zum Beispiel. Ja, das war ein krasses Beispiel. Aber auch ausgeleierte, verblichene Wäsche geht ebensowenig wie weiße Feinripp-Hemden für den Herren oder Motiv-Wäsche (Es sei denn, sie sehen aus wie Batman, dann können Frauen sicher auch mit solch einem Fledermaus-Mann-Motiv leben, wenn nicht: Finger weg!).

Ansonsten ist der Fantasie keine Grenze gesetzt, auch wenn ich schon von einigen Frauen gehört habe, dass sie String-Tangas zwar an Mädels sexy finden, aber bei den Herren eher nicht.

Wo bekomme ich erotische Klamotten her?

Schöne Wäsche bekommen Sie zum Beispiel auch in Versandshops oder bei Läden in der Innenstadt (ohne schleichwerben zu wollen, seien hier Otto und Hunkemöller genannt).

Dann gibt es selbstverständlich noch Beate Uhse und Orion, beides Ladenlokal- und Versandketten, die sich auf Erotikartikel spezialisiert haben. Beide führen ein gutes Sortiment an Dessous und Kleidern. Auch für den Herren der Schöpfung dürfte sich dort etwas finden lassen.

Schauen Sie sich dort *live vor Ort* um, um eine Vorstellung davon zu bekommen, was Ihnen gefallen könnte, und einen Überblick über das Preis-Leistungs-Verhältnis zu bekommen. Denn auch abseits der Ketten gibt es selbstverständlich Läden und Online-Anbieter, die ausgefallene Wäsche anbieten.

Wichtig ist es, dass SIE anschließend zufrieden mit Ihrer Auswahl sind. Denn das strahlen sie auch nach Außen. Sie sollen sich ja nicht verkleiden (es sei denn natürlich, dass sie genau das wollen), sondern Sie selbst sein.

Und wenn Sie sich in einem rückenfreien Kleid wohl fühlen … niemand zwingt Sie dazu, nur Dessous zu tragen. Solange Ihre Wahl gefällt, sinnlich ist und in die Outfit-Checkliste des Clubs passt – dann ziehen Sie es an.

Welche Leute sind in so einem Club?

Ganz normale Leute, Leute, denen man auf der Straße begegnet. In Einkaufsläden, in Straßenbahnen. Sie sind genauso vielfältig und verschieden, wie »im wahren Leben« auch.

Gewicht- und Altersklassen genau wie soziale Strukturen spielen keine Rolle. Sie werden den Handwerksmeister genauso finden, wie den Lehrer oder die Polizeibeamtin. Lassen Sie sich von den (Pseudo-) Reportagen und Talkshowbesuchern nicht abschrecken. Solche Leute sind eher die Ausnahme statt die Regel. (Sicher, es gibt auch skurrile Leute, aber es sind harmlose skurrile Leute … und nur, weil jemand nicht der eigenen Optik entspricht, ist er noch lange nicht seltsam.)

Durch die Wahl des Clubs oder der Lokation, haben sie einige Dinge in der Hand, zum Beispiel den Altersdurchschnitt. Natürlich ist der keine Garantie, dass sie auch an diesem Abend Glück haben – aber er erhöht die Wahrscheinlichkeit. Dasselbe gilt für das Gesamtklientel. Ein teurerer Club, eine exklusive Veranstaltung nach Voranmeldung oder gar nach persönlicher Einladung wird andere Gäste haben, als ein Club, der nur ein Appel und ein Ei kostet und nichts bietet, außer ein Dach über dem Kopf und eine Matte auf dem Boden.

Aber die meisten Clubs sind durchweg mehr ;->

Sie achten darauf, dass weder Prostituierte noch Minderjährige vor

Ort sind, sich alle Benehmen und an die Regeln halten. Denn generell sind Swinger eher höflich, freundlich und aufgeschlossen. Warum? Ganz einfach: Wer ficken will, muss freundlich sein!

Und wer mit klugen Sprüchen, plumpen Anmachen oder angeschickerten Versuchen aufwartet, verbringt den Abend allein.

Im Club - was nun, was tun?

Sagen Sie dem Clubbetreiber oder dem »Empfangsteam« an der Eingangstür gleich zu Beginn, dass Sie Erstbesucher oder gar Einsteiger sind. Gerne wird Ihnen jemand zur Seite gestellt, der eine kurze Einführung gibt und Ihnen den Club zeigt. Auch Fragen sind an dieser Stelle herzlich willkommen und keine ist zu dumm, um gestellt zu werden.

Danach gilt: Schauen Sie sich erst einmal in Ruhe um.

Dazu ist es meistens dienlich früh da zu sein. Wenn man zu den ersten Gästen des Abends gehört, kann man sich ungestört die Räumlichkeiten anschauen und prüfen, welche Ausstattungen man bevorzugt.

Meistens gibt es eine Dunkelkammer, eine »Schwanzwand«, einen SM Raum, eine Lustschaukel, einen Gynstuhl und neben den »normalen« Spielwiesen Pärchenräume oder gar Separees.

Wenn Ihnen doch schon der ein oder andere Soloherr folgt, nehmen Sie es als Kompliment. Er wird mit Sicherheit nicht aufdringlich werden, sondern abwarten, was sie tun. Und wenn Sie erst einmal nur schauen wollen, wird er das sehr schnell begreifen.

Je nachdem, was im Vorfeld besprochen wurde, kann man nach der ersten »Schnuppertour« erst einmal Stellung an der Bar beziehen, sich eine kleine, unauffällige Nische sichern, von der aus man »aus der Sicherheit heraus« beobachten kann. Aber man kann auch auf Entdeckungstour gehen. Vielleicht erst einmal im harmlosen Wellnessbereich, in die Sauna, den Whirlpool oder den Pool?

Wichtig ist es, sich stets an die vorher abgesprochenen Absprachen zu halten. (Eigentlich überflüssig zu erwähnen, denn deswegen macht man so etwas ja, aber Sie wären überrascht, wie viele Leute sich im Endeffekt nicht daran halten!) Bleiben Sie beieinander, um miteinander und gemeinsam die neuen Erfahrungen zu sammeln und zu genießen. So kann auch kein Streit und keine Eifersucht entstehen. Und falls es doch einmal Redebedarf gibt (weil einer von beiden die Regeln ändern oder erweitern will – oder eben merkt, dass er/sie doch nicht mit er Situation klarkommt), ziehen Sie sich zurück und klären Sie die Angelegenheit ruhig und sachlich. (Wie schon geschrieben, nichts ist amüsanter und peinlicher, als einen Streit mitten in einem ansonsten sinnlichen und relaxten Club anzufangen.)

Falls es dann doch dazu kommt, dass einer die Nase voll hat von diesem Erotik-Experiment, dann ist das sofort und ohne Diskussion/ Vorwürfe zu akzeptieren. Sprechen Sie erst später über das »Wieso« und »Weshalb«, am besten am nächsten Abend bei einem gemütlichen Essen.

Merke: Auch wenn im Club etwas schiefläuft, ist ein vorher vereinbartes Codewort sinnvoll. So kann man schnell und ohne unhöflich zu wirken, dem Partner zu verstehen geben, dass etwas nicht in Ordnung ist.

Und jaaaa … auch wir haben schon Codewörter benötigt:

Codewörter

(Auszug aus »Swinger – Erfahrungen, Erlebnisse und Bekenntnisse eines Paares«)

Kurz darauf bekamen wir auch schon Gelegenheit, diese neue Handhabung auszuprobieren. Nachdem wir unser Profil entsprechend der Neuerung geändert hatten, erhielten wir eine Mail von einem interessierten Pärchen. Sie wohnten nur eine Stadt weiter und fragten, ob wir am Wochenende Zeit hatten.

Aufmerksam lasen wir die Mail und das Profil.

Nachdem wir Mail und Profil, die Bilder und das angegebene Alter für interessant hielten, schrieben wir zurück und nach einem kurzen Telefonat – es waren tatsächlich beide vorhanden – machten wir ein Date auf neutralem Boden klar.

Wir wollten uns auf halber Strecke in einem Café treffen, um uns kennen zu lernen und herauszufinden, ob man das Treffen an einem anderen Abend gegebenenfalls vertiefen konnte.

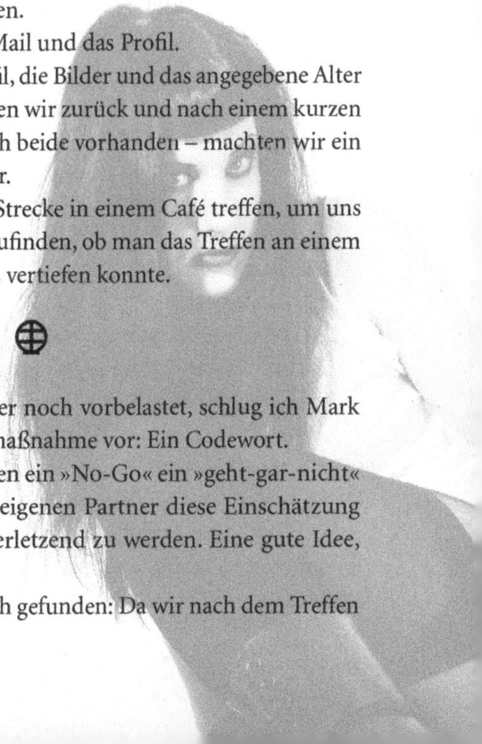

Von dem vergangenen Desaster noch vorbelastet, schlug ich Mark noch eine weitere Sicherheitsmaßnahme vor: Ein Codewort.

Falls die beiden Unbekannten ein »No-Go« ein »geht-gar-nicht« sein sollte, konnte man dem eigenen Partner diese Einschätzung unbemerkt mitteilen, ohne verletzend zu werden. Eine gute Idee, wie Mark fand.

Und auch der Code war rasch gefunden: Da wir nach dem Treffen ins Kino gehen wollten, würden wir statt »Terminator 4« einen anderen Film nennen.

Auf dem Weg zum Café wuchs mein Optimismus. Der Tag war wunderschön, die Sonne schien und die ersten Frühlingsdüfte lagen in der Luft. Eigentlich konnte wirklich nicht mehr viel schief gehen.

Auf den Bilder hatten die beiden ganz okay ausgesehen. Nicht wie Fotomodells – aber mal ehrlich: Wir waren auch keine –, wie Ottonormalmenschen halt.

Schon beim Abbiegen auf dem Parkplatz stieg mein Hochgefühl weiter an. Wie geplant waren wir unsere obligatorischen 10 Minuten zu früh gekommen, um uns einen Überblick zu verschaffen.

Ein guter Überblick, denn die Location war gut gewählt, privat und dennoch auf neutralem Boden. Die Speisekarte klang lecker und war durchschnittlich teuer. Ein Ort, an dem man sich gut die Zeit vertreiben konnte.

Noch 4 Minuten und langsam wurde ich doch nervös und ging in Gedanken die Dinge durch, die noch schief gehen konnten. Gerade, als ich bei »sie kommen nicht« angekommen war, bemerkte ich ein älteres Pärchen, das auf uns zu schlenderte.

In der sicheren Annahme, dass wir vor dem Café im Weg standen, trat ich einen Schritt zur Seite. Dann glitt mein Blick zurück und ich erstarrte innerlich.

Das konnte doch nicht …!

Aber es war wahr.

Überschwänglich wurden wir begrüßt. Die eine Seite freute sich, wir nicht. Wir stapften verwirrt bei den beiden älteren Herrschaften eingehakt, nach oben.

Ich versuchte Mark einen Blick zu zuwerfen. Ob es sehr unhöflich wäre, jetzt schon zu fragen, wann eigentlich Indiana Jones anfängt? Wie lange mussten wir bleiben, um höflich zu sein?

Da Mark anscheinend anderen Gedanken nach hing und ich ihn auch nicht unauffällig und ungehört kontaktieren konnte, strebte ich an der Seite des Fremden auf die Terrasse des Cafés zu. Und während er sich nach einem freien Platz umsah, war ich damit beschäftigt, dass offenkundige einzuordnen.

In der erbarmungslosen Klarheit des Tageslicht fiel es noch deutlicher auf: Die Bilder aus dem Internet waren mindestens 10 Jahre alt. - Lügebilder!

Als sich der Mann endlich für einen Tisch entschieden hatte und mit seiner Hand dorthin manövrierte, gab ich mir Mühe, sein Lächeln zu erwidern und nicht unhöflich zu werden. Dann sah ich Mark an und und versuchte zu erraten, was er dachte.

Immerhin hatte er sich neben mich gesetzt und nicht neben die Frau. So falsch konnte meine Wahrnehmung nicht sein.

Wir bestellten etwas zu trinken und ich beschloss insgeheim für mich, dass nach einem Kaffee bei Weitem höflich genug war.

Mein Gegenüber schien diese Einschätzung nicht zu teilen – kein bisschen. Er erzählte von seinem Leben und was er alles schon erlebt hatte. Und eine Menge erreicht hatte er auch schon. Bei dem Alter kein Wunder.

Die Frau schwieg beharrlich und versuchte nur durch ihre Optik zu wirken.

Und für ihr Alter war sie tatsächlich nicht hässlich.

Eigentlich alle beide nicht.

Aber sie waren definitiv zwanzig - eher dreißig - Jahre zu alt für uns.

Hatten sie sich schon bei der Auswahl am obersten Rand des für uns akzeptablen Alters bewegt, hatten sie ihn in der Realität bei weitem Überschritten.

Nach einem Kaffee, den ich mit höflichem Nicken und zustimmenden Bemerkungen hinter mich gebracht hatte, sah ich Mark an und frage höflich: »Sag mal, wann fängt eigentlich Indiana Jones an?«

Während er irritiert auf seine Uhr guckte und nicht antwortete, verwickelte mich Mr. Lügebild in ein Gespräch über Kino und Filme.

Schließlich hatte ich genug und entschuldigte mich, um auf die Toilette zu gehen. Wie konnte ich Mark höflich begreiflich machen, dass dieses Treffen reine Zeitverschwendung war?

Als ich zum Tisch zurück kam, warf ich selbst einen demonstrativen Blick auf die Uhr und sagte: »Wenn wir pünktlich zu Indiana Jones sein wollen, müssen wir jetzt los!«

Und was sagte mein Mark?

Mit einem immer noch irritierten Ausdruck winkte er ab und meinte, wir hätten noch dreißig Minuten! Bevor ich widersprechen konnte, bestellte er eine Cola.

Jetzt war ich tatsächlich versucht, unhöflich zu werden.

Stattdessen lächelte ich, hörte weiter dem Monolog zu und trank Marks Cola.

Als sie endlich alle war, gab ich Mark einen leichten, unauffälligen Schlag auf den Oberschenkel und stand ich auf, um mich höflich zu verabschieden.

Die drei schauten mit überrascht an, aber ich entschuldigte mich mit dem Kinobesuch und fügte sogar noch hinzu, dass wir uns dort mit Freunden treffen wollte. Nur um auf Nummer Sicher zu gehen!

Als Mark das Wochenende ins Spiel brachte, fiel ich ihm unhöflich ins Wort und lenkte ab, indem ich wegen des Kinos drängte.

Küsschen links, Küsschen rechts.

Wir melden uns bei euch! Nein, ihr müsst euch nicht melden, wir melden uns!

Und mehr oder weniger hinter mir hergezogen, folgte mir Mark endlich.

Außer Hörweite zischte ich ihn an: »Sag mal, wie oft soll ich denn noch nach Indiana Jones fragen?«

»Häh?«

»Nach unserem Codewort!« erinnerte ich ihn genervt.

»Oh!«

Marks Gesicht erhellte sich schlagartig. »Und ich hab mich schon gewundert, dass du auf den Alten stehst.« Er öffnete mir die Beifahrertür und grinste auf mich hinab. »Und ich dachte, unsere Code wäre ›Terminator‹!«

Und plötzlich stand für mich der weitere Verlauf dieses Dates fest: Ich würde Mark höflich strangulieren! Im Kino!

Merke: Man muss Codewörter ernst nehmen und sie sich auch merken!

Danach

Falls der Abend nicht nach Ihren Vorstellungen gelaufen ist, ist das nicht so wild.

Oft sind Dinge in der Vorstellung und der Fantasie anders, als in der Realität. Lieber langsam starten, als eine Bruchlandung hinlegen.

Lassen Sie die ersten Eindrücke erst einmal sacken und unterhalten Sie sich am nächsten Tag – idealerweise am Abend beim Abendessen – in Ruhe über das Erlebte und Empfundene.

Seinen Sie dabei 100% ehrlich zueinander. Nur so können Sie gemeinsam herausfinden, ob Swingen überhaupt etwas für Sie ist und ob sie den Versuch wiederholen möchten. Es ist kein Beinbruch, zuzugeben, dass es nichts für einen ist. Und man ist auch nicht moralisch verwerflich, wenn man sagt: Hei, super! Darauf habe ich mein Leben lang gewartet.

Sind Sie sich nicht sicher? (Das ist nach dem ersten Anlauf der Regelfall.) Dann finden Sie es langsam heraus.

Falls Sie es toll fanden, Ihr Partner aber nicht … akzeptieren Sie es. Einmal Nachfragen und den Grund erforschen ist vollkommen in Ordnung. Mehrfach nicht. Versuchen Sie nicht den Partner zu überreden oder ihn zu verlocken. Das würde der Beziehung dauerhaft schaden.

Vielleicht besteht tatsächlich die Möglichkeit, allein auf die Piste zu dürfen. - Und falls nicht? Tja … dann müssen Sie auch das akzeptieren.

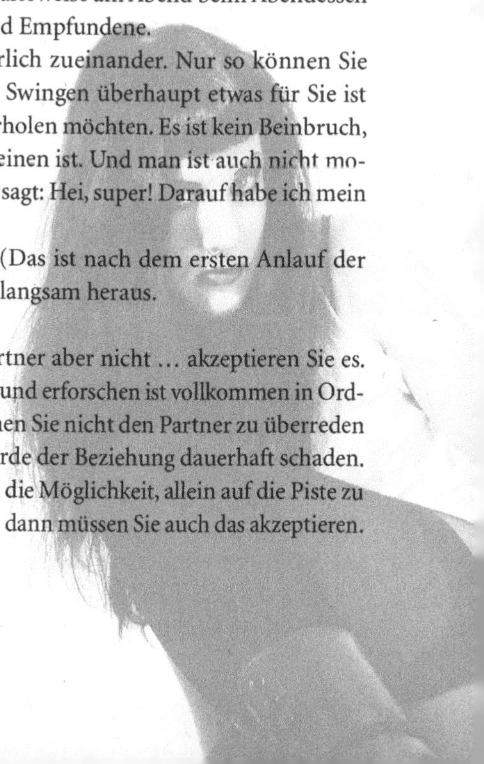

Knigge für Paare und Singles

Regel 1: Ich

Seien Sie so, wie Sie seien wollen. Natürlich, verkleidet oder gehen Sie als Vamp. Es ist vollkommen egal. Hauptsache, Sie fühlen sich wohl in Ihrer Haut. Das macht automatisch sexy.

Regel 2: Unter uns

Wenn Sie für sich bleiben wollen, ist das vollkommen in Ordnung. Das kann schon im Barbereich beginnen, indem man sich eine gemütliche Ecke sucht und im Erotikbereich die Pärchenräume/Separees nutzt. Selbstverständlich stehen Ihnen aber auch alle anderen Räume (außer dem eventuell vorhandenen Gangbang- Partnertauschraum natürlich) zur Verfügung. Sie können überall »Nein« sagen. Trotzdem ist es manchmal einfach schön, sich einander widmen zu können, ohne »Gefahr zu laufen«, gestört zu werden.

Regel 3: Kontaktaufnahme

Sie wollen gar nicht allein bleiben und wissen nicht, wie Sie das anstellen? An der Bar durch ein Gespräch, durch ein Lächeln, auf der »Matte« durch Blickkontakt und eine Geste oder durch eine Berührung an der Schulter (Nicht irgendwo anders herumgrabbeln!).

Gespräche beginnen beim Essen oder Trinken meist von ganz allein. Beispiel »Seid Ihr öfter hier?« »Seid Ihr schon lange Swinger?«

Diese Fragen mögen nicht besonders originell sein, aber Sie bieten immer wieder einen guten Einstieg und sind allgemein genug, um auch rasch »abgefertigt« werden zu können.

Regel 4: Ein »Nein«

Seien Sie nicht böse, wenn das Objekt der Begierde Ihre Hand von ihrer / seiner Schulter schiebt. Auch Ihr Wunschpartner hat das Recht auf ein »Nein«. Sie sollten sich dann rücksichtsvoll und ohne Diskussion (dazu zählt auch die Frage nach dem Grund, die absolut tabu ist) entfernen.

Regel 5: Ablehnung

Genauso ist es Ihr gutes Recht, »Nein« zu sagen oder eine Hand fortzuschieben.

Falls sich jemand nicht an diese Regel hält, wenden Sie sich an das Team des Swingerclubs – wie sollten Sie sich von einem Idioten den Abend versauen lassen?

Regeln 5: Diskretion, Absprachen und Codewörter

Wurden eigentlich schon zur Genüge abgehandelt. Aber eine Sache wurde bislang vernachlässigt: Was ist, wenn ich jemanden treffe, den ich kenne?

Ehrlich gesagt, ist das kein Thema. Er oder sie ist ja schließlich aus demselben Grund dort – wegen Erotik und Sex. Grüßen Sie freundlich und falls ihr Bekannter/ihre Bekannte keine Anstalten macht, ein Gespräch anzufangen, akzeptieren Sie das bitte. Sprechen Sie »den Vorfall« auch später nicht an.

Sie haben einen Prominenten entdeckt? Schön für Sie. Aber im Club ist jeder nur er/sie selbst – ganz ohne Status. Und jemanden auf der Matte nach einem Autogramm zu fragen, fällt ungefähr in dieselbe Peinlichkeitskategorie, wie Mitten im Club einen Streit mit dem Partner anzufangen.

Regel 6: Kleidung

Wie schon gesagt, die meisten Clubs haben einen Dresscode, der eigentlich zusammengefasst sagt: Bitte kommen Sie sexy.

Das kann in Dessous sein, oder in einem verführerischen Kleid, eine schicke Unterhose genauso wie ein extra gekauftes, erotisches Outfit. Bei Sonderveranstaltungen gilt natürlich die entsprechende Kleidervorgabe (z. B. SM)

Regel 7: Kondome

Sind selbstverständlich? Nicht für jeden!

Übernehmen Sie einfach die Initiative. Wenn Sie dabei ganz normal wirken und so, als sei es absolut selbstverständlich, ein Kondom zu benutzen, wird sicherlich niemand ernsthaft versuchen, Sie vom Gegenteil zu überzeugen. Schließlich will der jeweils andere ja Sex haben und die eigene Initiative vermeidet Diskussionen oder unangenehme Situationen.

Die Nutzung von Kondomen obliegt dabei natürlich der Entscheidung jedes einzelnen – und sollte schon aus eigenem Interesse heraus VORHER kontrolliert werden.

Regel 8: Körperpflege und Hygiene

Eigentlich selbstverständlich, leider manchmal nicht.

In jedem Swingerclub gibt es Duschen und oft auch Körperspray. Bitte benutzen Sie es spätestens dort. Denn Frauen blasen nicht gerne, wenn schon der Schmand auf dem Penis zu sehen ist und unter der Vorhaut das Grauen lauert. Wohlriechende Menschen werden auch viel schneller in die Auswahl genommen, als »Stinker«.

Und das man nach dem Sex duscht, sollte auch jedem klar sein, oder?

Aber zur Hygiene gehört auch etwas anderes: Rauchen, essen und trinken Sie nur in den dafür vorgesehenen Räumen und hinterlassen Sie Ihre Spielwiese und andere Club-Einrichtungen in einem sauberen Zustand. (Sprich: Räumen Sie Ihre Hinterlassenschaften weg!)

Regel 9: Alkohol

Alkohol sollte auch im Swingerclub nur in Maßen getrunken werden. Natürlich lädt gerade das beliebte »All you can drink« dazu ein, einen über den Durst zu trinken und auch Hemmungen wollen vielleicht auf diese Art und Weise beseitigt werden. Das ist nicht in Ordnung!

Sie wollen sicher nicht mit lallenden Trunkenbolden ins Bett – und alle anderen auch nicht!

Regel 10: Wer ficken will, muss freundlich sein

Ganz simpel und einfach und eigentlich genauso selbstverständlich, wie die anderen Regeln. Was im wahren Leben gilt, gilt auch im Swingerclub. Sogar noch ein bisschen extremer, da man aufgrund der intimen Situationen besonders sensibel sein sollte.

Mit »Hallo ficken?« ist es schließlich einfach nicht getan. (In den meisten Fällen zumindest.) Ein wenig Small Talk, Bitte, Danke ist viel höflicher und netter.

Leider scheint »Freundlichkeit« generell nicht mehr in Mode zu sein.

Knigge für Frauen

Ist diese Extraaufteilung wirklich notwendig?

In meinen Augen ja, sonst hätte ich sie ja nicht geschrieben.

Viele Frauen glauben im Club einen Sonderstatus inne zu haben. Dies stimmt sicherlich. Solofrauen im Club sind selten, Paarfrauen meist »gut behütet« und selbstsicher.

Trotzdem ist keines von beiden ein Grund arrogant zu sein. Eine höfliche Abfuhr ist okay, ein fieses Zurückweisen nicht. Schließlich gehört eine Menge Mut dazu, eine Frau anzusprechen – im wahren Leben genauso wie im Club.

Apropos: Auch die Frau darf im Swingerclub durchaus die Initiative übernehmen, nicht jeder Mann im Club ist der forsche Eroberer und gerade zurückhaltenderer Männer begrüßen es, erobert zu werden.

Allerdings gilt auch hier: Jeder darf »Nein« sagen – auch Männer.

Knigge für Männer

Swinger und vor allem die Herren Singles machen nur mit und machen nur das, was ausdrücklich erwünscht ist. Denn Einfühlungsvermögen wird belohnt.

Deswegen ist es hilfreich, Paare oder Frauen direkt an der Bar oder im Speisesaal anzusprechen und abzuwarten, was passiert. Wenn Interesse vorhanden ist, wird die Frau/das Paar gerne auf Sie zurückkommen.

Gehen Sie mit einem Paar auf die Matte, lassen Sie erst einmal dem Partner der Frau den Vortritt, oder sprechen Sie im Vorfeld das Vorgehen ab. So ersparen Sie sich Verwirrungen und Peinlichkeiten.

Dazu zählt auch die Information, ob die Frau/ das Paar überhaupt »echten« Geschlechtsverkehr haben möchte. Viele suchen einen zweiten Mann, aber nicht immer geht es dabei um direkten Sex.

Und wo wir schon bei direktem Sex sind: die weiblichen Gäste – egal ob Solo oder mit Partner – sind kein Freiwild und es gibt keine Garantie darauf, mit jemand in Kontakt zu kommen oder Sex zu haben.

Aber falls es dazu gekommen ist: Seien Sie auch hinterher ein Gentlemen. Ein nettes Gespräch, ein »Danke« oder ein gemeinsames Getränk an der Bar ist ein prima Abschluss – und falls man sich einmal wieder sieht, kann man gut und gerne wieder dort anknüpfen, wo man aufgehört hat.

Hilfreiche Seiten im Internet

- **Forum: Joyclub**
- **Forum: Augenweide**
- **Forum: Eroflirt**
- **Party-Reihe: Party-Pikant**
- **Veranstaltungs-Reihe: Eroluna**
- **Swingerclub: Schloss Milkersdorf**
- **Swingerclub: Beverly (Solingen)**